사랑공부

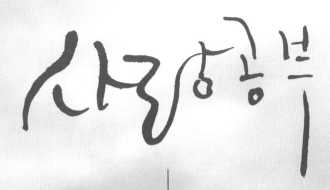

사랑을 알아 가는 42가지 방법

김혜성 지음

사랑은 헬렌 켈러의 말처럼 듣지도 말하지도 볼 수 없어도 알 수 있는 것이리라.

책방에서 내가 집는 책이 나를 말해 주듯이 내가 어떤 사랑을 하는가가 바로 내 자신의 모습이리라.

좌절(Frustration), 소외(Isolation), 죄책감(Guilty feeling), 고독(Loneliness), 유랑(Exile), 불안(Anxiety), 공포(Fear)로 엮어진 무화과 잎새(FIG LEAF)를 두르고 사는 우리네 삶이지만, 그래도 사랑은, 아직도 사랑은 모든 모순, 고독, 불안, 공포 등 갖가지 무화과 잎새를 용광로에 녹여 내어 순전한 금을 만들어 내는 연금술이리라. 사랑은 고통까지도 그 어떤 즐거움이나 쾌락보다 훨씬 달콤하기에…….

참 사랑에 갈급한 이 시대 모든 이에게 사랑을 안겨 줄《사랑 공부》를 강력히 추천한다.

엄정희, 서울사이버대학교 가족상담학과 교수, 《오리의 일기》 저자

사랑은 아주 깨끗한 사람의 풍경을 가슴속에 가지게
되는 것입니다.
누군가를 그리워할 때마다 피어나는 마음의 꽃이 있습니다.
삶의 순간순간 당신을 바라며 피어나는 사랑의 꽃이 있습니다.
지금 내 마음의 풍경은 당신이 한창입니다.
당신이란 그리움을 꽃피울 수 있어 오늘도 행복합니다.
사랑이 꽃피는 계절 사랑하고 싶고 사랑받고 싶은 모든 분들
께 이 책은 사랑의 존재 의미를 일깨워 줄 것입니다.

김하인. 《국화꽃 향기》 저자

당신은 혹시 사랑 때문에 슬프거나, 노여워하고 있지는 않습니까? 진정한 사랑이 무엇인지 안다면 슬픔보다는 기쁨이, 눈물보다는 웃음이 먼저일 것입니다.

사랑은 어렵거나 복잡하지 않습니다. 오히려 매우 쉽고 간결합니다. 다만, 그 사랑을 잘 알지 못하는 우리들이 문제일 수 있습니다.

당신은 이 책을 통하여 진정한 사랑의 의미에 한 걸음 더 다가갈 수 있을 것입니다.

조서환. 세라젬 헬스앤뷰티 대표이사, 《모티베이터》 저자 요즘 사람들은 '인스턴트 사랑', '엔조이', '썸탄다', '쿨하게 만난다'는 말로 사랑을 단순한 경험으로 치부합니다. 그런 분들에게 이 책은 깊이 있는 사랑이 무엇인지, 사랑은 왜 꼭 해야 하는지 가슴 깊은 곳을 똑똑 두드려 줄 수 있는, 반드시 수강해야 하는 필수 과목이라고 생각합니다. 사랑 공부, 늦지 말고 시작하세요. 사랑해 본 사람, 사랑받아 본 사람, 사랑을 잃어 본 사람만이 진짜 사랑이 무엇인지 알 수 있으니까요.

박세인, 친절한세인씨 대표

'사랑'은 어떻게
알 수 있을까?

이 세상에서 가장 아름답고 소중한 것은 보이거나 만져지지 않는다.
그것들은 오직 마음으로만 느낄 수 있다. – 헬렌 켈러

헬렌 켈러는 듣지도 말하지도 보지도 못했다.

이런 헬렌이 설리번 선생님에게 많은 단어들을 배운다. 하지만 그녀가 아무리 노력해도 이해할 수 없는 단어가 있었다. 사랑(Love)이었다. 헬렌은 항상 설리번 선생님에게서 사랑이라는 말을 수없이 들었지만, 도무지 그 뜻을 알 수가 없었다.

어느 날 아침, 난 꽃송이 몇 개를 선생님께 드렸다. 선생님
은 나에게 입 맞추려 했지만, 난 그러고 싶지 않았다. 그러
자 선생님은 한쪽 팔로 나를 살며시 감싸며 내 손에 "나는

헬렌을 사랑한다."라고 쓰셨다.

나는 '사랑'이란 낱말의 의미가 무엇인지 설리번 선생님에게 물었다.

"선생님, 사랑이 뭐지요?"

선생님은 나를 꼭 끌어안아 주시며 내 심장을 손으로 가리키며 "그건 여기 있단다."라고 하셨다. 난생처음 난 내 심장이 뛰는 것을 알았다. 세상에 수없이 많은 단어들을 이제 막 알아 가고 있던 나로서는 손으로 만질 수 없었던 '사랑'만은 잘 이해할 수 없었다.

– 헬렌 켈러의 자서전《내가 살아온 이야기》중에서

헬렌은 "나는 눈과 귀와 혀를 빼앗겼지만, 내 영혼을 잃지 않았기에, 그 모든 것을 가진 것이나 마찬가지다."라고 말하며 이렇게 고백한다.

"나는 나의 역경에 대해서 하나님께 감사한다. 왜냐하면 나는 역경 때문에 나 자신, 나의 일, 그리고 나의 하나님을 발견했기 때문이다."

시각과 청각의 중복 장애를 가지고 있었던 헬렌은 설리번 선생님의 행함과 진실한 보호 덕분에 사랑이라는 단어를 차츰 배울 수 있었고 사랑을 이해하게 되었다. 그리고 자기 자신 속에서 사랑을 발견하게 되었다. 설리번 선생님의 사랑은 헬렌에게 전해졌고 헬렌은 전 세계 사람들의 마음에 큰 희망과 사랑의 감동을 심어 주었다.

사랑은 듣지도 말하지도 볼 수 없어도 알 수 있는 것이다.

사랑은 공부해야 하는 것이지만, 단순히 배우거나 익힌다고 해서 알 수 있는 것은 아니다. 또한, 공부해서 시험을 봐야 하거나 암기해서 답을 적는 일은 더더욱 아니다.

사랑 공부는 본질적으로 내 안에 있는 사랑을 찾아 발견해서 실천하고 갈고닦는 과정을 통해서 깨달음을 얻는 일이다. 또한, 그것을 이루는 노력이다.

그러므로 사랑에는 행함과 진실함이 필요하고 생활 속에서 사랑을 실천하도록 의식적으로 노력해야 하는 것이다.

우리말 '사랑'이라는 말의 어원은 산스크리트어 '사랑'으로 '기억, 생각'이라는 뜻이다. 사랑은 누구나 가지고 태어나는 생명과도 같다. 이미 사랑은 생명처럼 우리 안에 있다. '기억'이라는 말의 뜻이 '이전의 인상이나 경험을 의식 속에 간직하거나 도로 생각해 낸다'는 의미인 것처럼 본래 가지고 있는 사랑을 기억하고 찾아 발견함으로써 우리는 '사랑'을 알게 된다.

그때 그 순간 '그것이 사랑이라는 것을 알았더라면…….' 하는 후회를 누구나 한 번쯤은 해 보았을 것이다. 사랑을 떠올릴 때, 코끝이 찡해지는 이유는 그 순간 사랑을 미처 몰랐던 것에

대한 미안함이나 그때 바로 사랑을 표현하지 못한 아쉬움과
안타까움 때문일 것이다.

　사랑은 기쁨과 슬픔, 웃음과 눈물로 배워야만 하는 공부다.

　사랑이 무엇인지 알면 사랑하지 않을 수 없다. 사랑에 대한
정답은 없다. 이 책을 통해 보다 많은 사람들이 사랑에 대하여
깨달을 수 있다면 정말 많이 행복할 것이다.

　　　"이 책을 읽고 있는 모든 분들을 '사랑'합니다.
　　오늘 이 시각 '최선'을 다해 사랑하며 살고 싶습니다."

2014년 여름

고성 명파해변에서 김혜성

C O N T E N T S

part 1 사랑이란? – 사랑의 발견

part 2 사랑 찾기 - 내 안에 사랑이 있다

part 5 사랑의 과제 – 사랑만이 희망이다

사랑이란?

사랑의 발견

사랑은 빠지는 것이 아니라 행하는 것이요, 누군
가를 사랑한다는 것은 단순히 강렬한 감정만이
아니라 결의이고 판단이며 약속이다.
– 에리히 프롬

1

사랑은 나를 버리고
너를 살리는 것

나는 항상 나를 따라다니는 어머니의 기도를 기억한다.
그 기도는 내 인생에서 늘 나와 함께하였다.
- 에이브러햄 링컨

신은 여러 곳에 있을 수 없어 어머니를 보냈다고 한다. 자식을 사랑하는 어머니의 이야기는 우리의 가슴을 늘 먹먹하게 한다.

큰 사고나 재난이 생기면 우리는 숭고한 사랑 이야기를 만나게 된다. 몇 년 전 네티즌들에게 감동을 준 웹툰이 있었다. 2008년 중국 쓰촨 성 대지진에서 일어난 일로 어머니의 사랑을 담은 웹툰이다. 쓰촨 성 대지진은 사망자와 실종자를 포함

해 8만 명 이상이 희생된 큰 사건이었다.

대지진으로 폐허가 된 쓰촨 성 웬추안. 무너진 건물을 치우던 구조대원들은 이상한 광경을 발견한다. 한 여자가 무릎을 꿇고 두 손을 바닥에 대고 등을 구부려 공간을 만들어 놓은 것이다. 그 공간 속에는 무언가가 있었다. 아기였다. 공간을 만들어 쏟아져 내리는 각종 파편과 건물 잔해들을 온몸으로 막아 내 아기를 지키려 한 것이다. 엄마는 몸을 구부려 지붕을 만든 그 자세로 죽어 차갑게 굳어 있었지만 아이는 살아 있었다. 아기를 싸고 있던 담요에서 휴대전화가 발견되었는데 그 안에는 엄마가 아기에게 남긴 문자가 있었다.

너무나도 사랑스러운 아가야.
만약 네가 살게 된다면 이것만은 항상 잊지 마라.
엄마는 너를 사랑한단다.

무거운 건물 잔해를 온몸으로 짊어지고 죽어 가는 그 순간까지 아기의 생명을 지키고자 했던 그 사랑에 많은 이들이 감동을 받았다.

돌아가신 김수환 추기경은 어머니의 사랑이 이 세상에서 완전한 사랑에 가깝다고 고백하기도 했다.

나는 코린토 전서 13장의 '사랑의 찬가'를 좋아하는데 이 세상에서 그 완전한 사랑에 가장 가까운 것이 어머니의 사랑, 우리 어머니의 사랑이라고 생각한다. 나에게 어머니의 사랑은 나의 모든 것을 덮어 주고 모든 것을 믿고 모든 것을 바라고 모든 것을 견디어 내는 사랑이다. 가실 줄 모르는 사랑, 그것이 나에 대한 어머니의 사랑이다. – 〈샘이 깊은 물〉 창간호에서

동심의 세계와 환상성의 시를 쓴 김종삼은 어머니에 대한 시를 많이 남겼다. 그의 시 중 〈엄마〉라는 시가 있다.

아침엔 라면을 맛있게들 먹었지
엄만 장사를 잘할 줄 모르는 행상이란다

너희들 오늘도 나와 있구나
저물어 가는 산허리에
내일은 꼭 하나님의 은혜로
엄마의 지혜로 먹을 거랑 입을 거랑 가지고 오마

엄만 죽지 않는 계단

이 짧은 시에는 아이들을 위해 자신의 삶을 희생하는 어머니
는 죽지 않는, 죽을 수 없는 계단이 된다. 자신은 낮은 곳에 있
으면서 자식을 더 높은 곳으로 이끄는 어머니, 어머니는 계단
이 되어 자기를 딛고 올라가라고 하신다.

사랑은 자기 목숨을 버리고
다른 목숨을 살리는 것.

2

사랑은 자기의 유익을
구하지 않는 것

사랑이란 상실이며 단념이다. 자기의 모든 것을 남에게 주었을 때
사랑은 더욱 풍부해진다.

- 구코

해마다 크리스마스에는 따뜻한 사연이 보도된다. 따뜻한 미담과 사랑 이야기로 추운 겨울이 훈훈해진다. 우리 민족에게 잊을 수 없는 크리스마스 선물은 한국 전쟁 때의 흥남 철수 작전이 아닐까?

흥남 철수 작전은 한국 전쟁 당시 1950년 12월 흥남항에서 10만 명의 피란민을 대피시킨 작전이다. 압록강 유역까지 진출했다가 중공군의 반격에 밀린 미군과 국군이 후퇴하면서 위

험에 빠진 피란민을 태워 함께 나온 사건이다.

'눈보라가 휘날리는 바람 찬 홍남 부두에…….' 〈굳세어라 금순아〉라는 유행가가 있을 정도로 홍남 철수 작전은 극적인 사건이었다.

국군과 유엔군은 1950년 9월 28일 서울을 수복하고 압록강까지 진격했지만, 중공군의 공세에 밀리면서 함경남도 홍남항으로 후퇴하게 되었다. 이곳에서 군인 10만 5,000명과 피란민 9만 1,000여 명, 차량 1만 7,500여 대, 화물 35만 톤을 실은 193척의 함대가 12월 15~24일 남한으로 철수한다. 세계 전쟁사상 가장 큰 규모의 해상 철수 작전이었다.

추운 바닷바람이 몰아치던 홍남 부두는 미군 장병들 외에도 남쪽으로 피란 가려는 사람들로 북새통이었다. 미군이 철수하고 나면 북한군은 미군과 한국군에게 협력했다는 이유로 보복할 것이 분명했기 때문에 너 나 할 것 없이 피란을 결정한 것이다. 하지만 피란민을 태울 공간은 없었다. 엄청난 병력과 군수 물자를 운송해야 했기 때문이었다. 거기다 피란민을 태우다 철수가 늦어지면 중공군의 기습을 받을지도 모르는 상황이었다.

그러나 한국군 지휘관들은 피란민을 도와야 한다고 주장했다. 피란민을 수송선에 태우고 한국군은 걸어서 철수하겠다고 했다. 한국군의 결연한 의지에 결국 미군은 병력과 장비를 싣고 남은 자리가 있으면 피란민을 탑승시키겠다고 결정한다.

이 작전에 화물선 '빅토리호'가 대거 동원됐다. 당시 마지막으로 흥남항을 떠났던 '메러디스 빅토리(Meredith Victory)호'는 7,600톤 규모에 탑승 정원이 고작 60명에 불과했다.

사실 이 배는 안전을 이유로 피란민 승선을 거부할 수 있었다. 하지만 이 배의 라루 선장은 태울 수 있는 사람은 다 태우라고 말한다. 인도주의적 결정으로 메러디스 빅토리호에는 1만 4,000여 명의 피란민이 타게 된다.

위험천만한 항해 끝에 크리스마스인 12월 25일, 배는 거제도에 도착했다. 1명의 사상자도 없었다. 배 위에서 5명의 새 생명이 태어나기까지 했다. 빅토리호의 이야기는 작가 빌 길버트에 의해《기적의 배》란 제목으로 출간되기도 했다.

라루 선장은 그때의 일을 이렇게 회고했다.

"저는 가끔 그때의 항해를 생각합니다. 어떻게 그렇게 작은 배가 1만여 명을 태울 수 있었을까? 또 한 사람의 사상자도 없이 어떻게 전쟁의 위험 속에서 살아남을 수 있었는지 생각합니다. 그 해 크리스마스 때 황량하고 차가운 한국의 바다 위에서 신의 손길이 우리 배의 키를 잡고 있었다는 명확하고 틀림없는 메시지를 전 느낄 수 있었습니다!"

한국 전쟁이 끝난 후 라루 선장은 1954년 종교의 길을 택해 가톨릭 수도원에 들어가 마리너스 라루 수사가 되었다고 한

다. 평생을 한국 평화를 위해 기도하며 살다 2001년 87세의 나
이로 수도원에서 숨을 거두었다.

사랑은 위험한 파도를
넘는 휴머니즘이다.

3

사랑에는 마침표가 없다

행복한 결혼은 약혼한 순간부터 죽는 날까지 지루하지 않은
기나긴 대화를 나누는 것과 같다

- 앙드레 모루아

우리나라에서 작품이 가장 많이 번역된 일본 작가는 누구일까? 세계적인 베스트셀러 작가 무라카미 하루키일까? 아니다. 미우라 아야코라고 한다. 요즘 젊은이들은 미우라 아야코도 그의 작품 《빙점》도 잘 모를 것이다. 그러나 30대 후반 이상은 그녀의 작품을 소설이나 드라마, 영화로 만난 경험이 있을 것이다.

1964년 〈아사히신문사〉에서는 당시 최대 상금인 1,000만 엔

소설 공모를 연다. 그 소설 공모에서 《빙점》이 당선된다. 당선자는 평범한 주부 미우라 아야코였다.

원래 초등학교 교사였던 그는 군국주의적 교육에 회의를 품고 학교를 떠났다. 폐결핵까지 생겨 건강도 나빠졌다. 그때 한 남자를 만난다. 9년 동안 폐결핵과 척추 만성 염증을 앓고 있는 아야코를 사랑하는 남자는 그녀를 세 번째 만나는 날 이렇게 기도했다고 한다.

"신이시여, 나의 생명을 아야코에게 주어도 좋으니, 아무쪼록 병이 나을 수 있도록 해 주십시오."

그들의 신혼 생활은 가난했지만 행복했다. 다행히 미우라 부부는 작은 잡화상을 열었는데 가게가 잘 되어 큰 가게를 차리게 되었다. 그러나 이들 부부는 자신들의 가게만 잘되는 것을 염려하여 다른 상인들과 더불어 잘 살기 위해 가게 규모를 줄인다. 상점이 줄어든 만큼 미우라 아야코에게는 시간이 생기고 그녀는 그 시간에 소설 《빙점》을 쓴다.

〈아사히신문사〉 공모전에 당선되어 미우라 아야코에게는 천문학적인 액수의 상금과 인세가 생겼지만, 아야코는 그 돈의 대부분을 남을 위해 썼다고 한다. 자신을 위해 쓴 돈은 입원비로 생긴 빚을 갚은 것이 고작이었다.

아내가 유명한 소설가가 되어 집필과 강연 활동으로 바빠지자 남편은 하는 일을 그만두고 아내가 구술하는 것을 받아 적으며 작품 활동을 도왔다. 아내 곁에서 충실한 비서가 된 것이다. 남편의 도움을 받아 아야코가 쓴 소설만 해도 96편에 달한다. 그녀는 이런 말을 했다.

"질병으로 내가 잃은 것은 건강뿐이었다. 대신 나는 신앙과 생명을 얻었다. 사람이 생을 마감한 뒤 남는 것은 쌓아 놓은 공적이 아니라 이웃과 함께 나누는 것들이다."

병든 아내를 지극 정성으로 돌보며 아내의 성장을 돕는 남자들은 멋지다.

40여 년을 은행에서 일하다 병든 아내를 위해 가정으로 돌아온 일본의 한 은행 회장은 이런 말을 했다고 한다.

"오랜 은행 생활은 정말 후회 없는 인생이었다. 이제 남은 인생은 그동안 가정을 지켜 준 아내를 간호하며 후회 없이 살고 싶다."

일본의 한 의원도 "젊은이들을 키우고 그들에게 조언하는 것은 누구라도 가능합니다. 그러나 내 아내의 병간호는 누가 대신할 수 없습니다. 오직 나밖에 없습니다."라고 말했다고 한다.

행복하게 한평생 살아가는 부부의 모습은 그 어떤 예술보다 감동적이다.

미우라 아야코가 1999년 이 세상을 떠나고 남편은 아내와의 40년 세월을 정리한 에세이 《나의 아내 미우라 아야코》를 썼다. 그는 책을 마무리하면서 이렇게 썼다.

"사랑에는 마침표가 없다."

4

사랑은 치명적이다

사랑에는 늘 약간의 광기가 있다.
그러나 광기에는 늘 약간의 이성이 존재한다.
- 니체

열정적인 사랑은 독이 되기도 한다. 사랑 때문에 상처를 입고 사랑이라는 날카롭고 아름다운 검에 베이기도 한다.

무명 예술가 남편을 지고지순하게 사랑한 여자가 있다. 화가 모딜리아니를 사랑한 잔이다.

화가가 되겠다는 욕망으로 파리에 오지만 주목을 받지 못하자 패배감에 빠진 모딜리아니. 그가 술과 여자, 마약에 빠져지낼 때 잔을 만난다. 잔은 잘생긴 모딜리아니에게 한눈에 반하여 부모의 반대를 물리치고 동거에 들어갔다. 그러나 모딜리아니는 좀처럼 화가로서 인정을 받지 못했다. 가난한 그는 카페에서 5프랑짜리 초상화를 그려 주며 근근이 살아야 했다. 잔은 그의 곁에서 말없이 모델이 되어 주었다. 모딜리아니가 그린 목이 긴 여자 그림의 주인공이 바로 잔이다.

이 가정에 딸이 태어나고 얼마 후 불행하게도 모딜리아니는 결핵을 앓게 된다. 혼인 신고도 하지 못하고 가난, 그리고 병과 싸워야 했던 모딜리아니는 심적 고통을 이기지 못해 피를 쏟으면서도 매일 술을 마셨다. 결국, 그는 35살이라는 젊은 나이에 병원에서 의식불명인 채로 세상을 떠난다.

잔은 남편 없이 살아갈 자신이 없었다. 잔은 모딜리아니가 죽은 그 다음 날 "하늘에서도 모델이 되어 줄게요."라는 말을 남긴 채 아파트에서 투신해 스스로 목숨을 끊는다. 당시 그녀의 나이는 22살이었고 임신 9개월이었다.

사랑은 행복과 기쁨만을 주지 않는다. 사랑은 지독하게 아프다.

500년 전 뜨거운 사랑을 나눈 조선의 관기인 홍랑의 사랑도 가슴이 절절하다. 사랑하는 남자가 죽자 자신의 아름다운 용모에 남자들이 접근할까 봐 스스로 칼로 상처를 낸 독한 사랑의 주인공이 바로 홍랑이다.

함경도 관기인 홍랑은 조선 3대 시인이라고 불리는 최경창의 시조를 흠모했다. 마침 최경창이 함경도로 부임하고 최경창은 홍랑과의 예술적 교감으로 그녀와 뜨거운 사랑에 빠진다. 그러나 6개월 후 그는 서울로 떠나게 된다. 당시 법으로는 함경도와 평안도 사람은 서울에 들어갈 수 없었기 때문에 홍랑은 그를 따라가지 못했고 그 대신 시조 한 수를 써서 최경창에게 전한다.

묏버들 가려 꺾어 보내노라 님의 손에
주무시는 창밖에 심어 두고 보옵소서
밤비에 새잎 나거든 나인가도 여기소서

서울에 온 최경창은 홍랑을 그리워하는 마음에 병을 앓게 되고 이 소식을 들은 홍랑은 국법을 어기면서 7일 밤낮을 걸어 서울에 와 최경창을 보살핀다. 그가 회복하자 그녀는 다시 함경도로 떠났지만, 사회는 이들의 사랑을 용납하지 못했다. 결국, 최경창은 파직되어 변방을 떠돌다 객사한다.

홍랑은 최경창의 묘 앞에서 움막을 짓고 살면서 남자들이 자신의 용모를 보고 접근할까 봐 몸을 씻지도 꾸미지도 않았다. 심지어 아름다운 얼굴에 스스로 칼을 그어 흉하게 만들기까지 한다. 커다란 숯덩이를 삼켜 스스로 벙어리가 되었다는 설도 있다.

한 남자와의 사랑을 지키기 위한 홍랑의 자해와 잔의 죽음에 마음 편하지 않다. 아무리 생각해도 쉽게 이해할 수 없는 부분이다. 사랑은 그런 것이다. 누군가의 이해를 바라지 않고 자신의 감정을 이기지 못하는 독이다.

사랑은 아름답지만
독이 있다.

5

사랑은
모두가 하나임을 안다

네가 아프니 나도 아프다.

- 《유마경》

동화책을 읽던 아들이 반딧불을 보고 싶다고 말한 적이 있
다. 내가 반딧불을 본 것은 아주 어렸을 때 할머니 댁에서 한
밤중에 화장실을 갔을 때다. 당시 본체와 떨어진 곳에 있는 화
장실에서 반딧불을 보았다. 아들의 말에 반짝반짝 떠다니는
반딧불을 넋 나간 듯 보며 신기해하던 여섯 살 때의 내 모습이
떠올랐다.

나도 그 참에 반딧불을 보고 싶어 반딧불을 볼 수 있는 곳을

찾았는데 마침 반딧불 축제를 하고 있었다. 그러나 그 마음은 금세 사라지고 말았다. 반딧불 축제가 오히려 반딧불이를 불행한 죽음으로 내몰고 있다는 소식을 들었기 때문이다. 반딧불 축제 한 번 하자고 멀쩡한 반딧불이를 돈으로 거래하고, 도시 한가운데로 반딧불이를 옮겨 와서 결국 죽음으로 내몬다는 기사를 보고 나서는 그곳에 가고 싶은 마음이 사라지고 말았다.

몇 년 전 4대강 개발로 만들어진 이포보를 지난 적이 있다. 구불구불했던 강의 모양이 사라지고 모양새가 반듯해졌는데 그리 반갑지 않았다. 왜 곡선의 아름다움을 망가뜨리고 이렇게 시멘트로 강을 발라놨는지 안타까운 마음이 들었다.

강가는 깨끗이 정돈되어 있었지만, 자연과의 접근은 왠지 어려워 보였다. 강물과 부딪히는 대지가 생기를 잃고 있는 것 같았다.

왜 우리는 자연을 있는 그대로 두지 않고 자꾸 사람들의 입맛과 편리대로 가두고 바꾸고 개발하려는 것일까?

문득 강을 보면서 한 인디언 추장이 연설에서 한 말이 떠올랐다.

"마지막 나무가 베어져 나가고, 마지막 강이 더럽혀지고, 마지막 물고기가 잡힌 뒤에야 그대들은 깨달으리라. 돈을 먹고 살 수는 없다는 것을."

19세기 중반 미국 정부는 스쿼미시 인디언들에게 새로운 보호 구역을 마련해 주겠다며 그들의 땅을 팔라고 했다. 인디언 추장은 그 제의를 고려해 보겠다고 말한다. 그렇게 하지 않으면 무력으로 땅을 빼앗을 것이기 때문이다. 인디언 추장은 다음과 같은 편지를 미국 정부에 보냈다고 한다.

어떻게 당신은 하늘을, 땅의 체온을 사고팔 수 있다고 생각하십니까? 그러한 생각은 우리에게는 매우 생소합니다. 우리는 신선한 공기나 반짝이는 물을 소유하고 있지 않습니다. 그런데 어떻게 당신이 그것들을 우리에게서 살 수 있겠습니까?

이 땅의 구석구석은 우리 인디언들에게는 신성합니다. 빛나는 솔잎들이며, 해변의 모래톱이며, 어둠침침한 숲속의 안개며, 노래하는 온갖 벌레들은 우리 인디언들의 기억과 경험 속에서 성스러운 것들입니다.

내가 만일 당신의 제안을 받아들이기로 한다면, 나는 하나의 조건을 내놓겠습니다. 즉 백인들은 이 땅에 사는 동물들을 그들의 형제처럼 생각해야 한다는 것입니다. 동물들이 없다면 인간은 무엇입니까? 만일 모든 동물들이 사라져 버린다면 인간은 커다란 영혼의 고독 때문에 죽게 될 것입니다. 동물들에게 일어나는 일들은 그대로 인간들에게도 일어나기 때문입니다.

(중략)

백인들의 도시에는 조용한 곳이라고는 없습니다. 아무 데서도 봄바람에 흔들리는 나뭇잎 소리며 벌레들이 날아다니는 소리를 들을 수 없습니다. 아마 내가 야만인이어서 이해하지 못하기 때문이겠지만 소음은 내 귀를 상하게 합니다. 만일 사람이 쏙독새의 아름다운 울음소리나 밤의 연못가에서 개구리의 울음소리를 듣지 못한다면 인생에 남는 것이 무엇이 있겠습니까?

(중략)

이 땅에서 마지막 인디언들이 사라지고 오직 광야를 가로질러 흘러가는 구름의 그림자만이 남더라도 이 해변들과 숲은 여전히 우리 백성들의 영혼을 간직하고 있을 것입니다. 그들은 갓난아기가 엄마의 심장에서 들려오는 고동 소리를 사랑하듯이 이 땅을 사랑하기 때문입니다. 만일 우리가 우리의 땅을 당신들에게 팔기로 한다면 당신들은 우리가 그 땅을 사랑하듯 사랑하고, 우리가 보살피듯 보살피며, 그 땅에 대한 기억을 지금의 모습대로 간직하십시오. 그리고 당신의 모든 힘과 모든 능력과 모든 정성을 기울여 당신의 자녀들을 위해서 그 땅을 보존하고 또 신이 우리를 사랑하듯 그 땅을 사랑하십시오.

당신의 신도 우리의 신과 같은 신이라는 한 가지 사실을 우리는 알고 있습니다. 신에게 대지는 소중한 것입니다. 백인들일지라도 공동의 운명으로부터 제외될 수는 없습니다.

그는 자연은 길들이고 이용해야 할 대상이 아니라고 준엄하게 꾸짖는다. 땅을 파헤치는 것은 결국 자신의 삶을 파헤치는 것이라는 지적이다.

현대 물리학자 프리초프 카프라는 《생명의 그물》에서 '만물은 상호 의존한다'고 역설했다. 그는 인간과 모든 생명체는 촘촘히 짜인 그물망처럼 연결돼 서로 의존적이라고 한다. 우주는 부분의 집합이 아니라 생명의 그물이다. 생명은 서로 연결돼 의지하며 살아간다.

다른 생명에게 고통을 주면 우리는 절대 행복할 수 없다.

사랑은 너와 나를
가르지 않는다.

6

사랑은 용서다

복수할 때 인간은 그 원수와 같은 수준이 된다.
그러나 용서할 때 그는 원수보다 위에 있다.

— 베이컨

며칠 사이에 용서에 대해 생각하게 된 일이 있었다. 손양원 목사 기념관 건립 소식과 외신에서 보도된 이란의 한 어머니의 이야기다. 손양원 목사와 이란의 한 어머니는 자신의 아들을 살해한 이를 용서했다.

열 달을 품은 아이, 눈에 넣어도 안 아플 아이, 내 생명보다 더 귀한 자식을 앗아 간 청년을 용서한 두 사람의 이야기를 떠올리며 반목과 불신으로 화해하지 못하는 우리에게 평화의 삶을 살라고 그들이 당부하는 것 같았다.

손양원 목사는 자신의 두 아들을 죽인 원수를 양자로 들이고, 전쟁 중에 나병 환자들과 함께하다 공산주의자에 의해 총살로 최후를 맞았다. '사랑의 원자탄', '용서와 화해의 상징'으로 종교를 떠나 많은 이들의 존경을 받고 있는 분이다.

아들을 잃은 절망감과 상실감, 그리고 분노를 사랑으로 이긴 최고의 사랑 앞에 머리가 숙여진다. 누구도 쉽게 할 수 없는 일, 자식을 죽인 이를 어떻게 용서할 수 있었을까?

이란의 한 교도소 밖 교수대로 군중이 몰렸다. 그 앞에서 교도관은 코란을 낭독했다. 사형수의 목엔 밧줄이 씌워졌다. 이제 남은 삶은 단 몇 분이었다.

7년 전 그에게 18세 아들을 잃은 부모는 교수대로 올라갔다. 이란 법률에 따라 사형수의 의자를 직접 빼내기 위해서다. 그런데 놀라운 일이 일어났다. 갑자기 피해자 어머니가 사형수 따귀를 한 대 때리고는 '용서하겠다'고 한 것이다.

– 〈연합신문〉 2014년 4월 26일 기사 중에서

이란 피해자 가족의 용서로 목숨을 구한 사형수는 다시 형무소 안으로 들어갔지만, 자신을 용서한 이를 만나 가장 위대하고 아름다운 것이 무엇인지 배웠을 것이다.

아들을 죽인 사람을 용서하기가 절대 쉽지 않았다고 그녀는 말했다. 마지막 순간까지 용서하지 않으려고 했다. 그런데 어찌 된 일인지 그 어머니는 결정의 순간에 그의 따귀를 때리는 것으로 그를 용서했다.

"뺨을 후려갈기는 순간, 마음속에서 분노가 사라지는 듯한 느낌이 들었습니다. 눈물이 터져 나왔어요."

아들을 죽인 살인자를 용서하고 그 어머니의 마음에는 평화가 찾아왔단다. 아들이 죽고 그를 증오할 때 그녀는 죽은 사람이나 마찬가지였단다. 그러나 그를 용서하자 마음이 평온해졌다며 복수심은 이제 마음속에서 사라졌다고 말했다.

그녀의 위대한 용서의 힘이 자신을 마음의 지옥으로부터 구원한 것이리라.

용서하면 떠오르는 우리 시대의 영웅이 있다. 진정한 용서의 참모습을 보여준 남아프리카공화국 최초의 흑인 대통령 넬슨 만델라다. 만델라는 백인 정권의 아파르트헤이트(극단적인 인종 차별 정책과 제도)에 맞선 투쟁을 이끌었던 인권 운동가로 활동하다 정부 전복 음모죄로 종신형 선고를 받는다. 세계적인 만델라 석방 운동으로 1990년 출소해 1994년 남아프리카공화국 최초로 모든 인종이 참가하는 총선거에서 대통령에 선출된다.

만델라는 대통령이 된 후 인권을 위해 싸우는 투사에서 용서와 화해의 정치인으로 변했다. 인종차별 시절 화형, 총살 등의 잔악한 방법으로 흑인들을 탄압한 국가 폭력의 가해자들에게 복수하지 않았다. 정치적 보복도 하지 않았다. 오히려 그는 "용서한다. 하지만 결코 잊어서는 안 된다."라는 말과 인권침해 범죄에 대한 진실을 밝히고 진심으로 죄를 고백하고 뉘우치는 이들을 사면했다.

"눈에 보이고 의사가 고칠 수 있는 상처보다, 보이지 않는 상처가 훨씬 아픕니다. 남에게 모멸감을 주는 것은 쓸데없이 잔인한 운명으로 고통받게 만드는 것이라는 걸 나는 알았습니다."

만델라의 말이다.

용서는 세상에서
가장 위대한 사랑이다.

사랑,
너는 어디서 왔느냐?

사랑 [명사]

1. 어떤 사람이나 존재를 몹시 아끼고 귀중히 여기는 마음. 또는 그런 일.
2. 어떤 사물이나 대상을 아끼고 소중히 여기거나 즐기는 마음. 또는 그런 일.
3. 남을 이해하고 돕는 마음. 또는 그런 일.
4. 남녀 간에 그리워하거나 좋아하는 마음. 또는 그런 일.

국립국어원《표준 국어 대사전》에 나와 있는 사랑에 대한 정의다. 사랑을 알기 위해 사전을 펼치는 사람은 얼마나 될까? 사랑은 사전에 나오는 몇 마디의 단어와 구절, 문장으로 담아 낼 수 없다. 사랑이라는 큰 의미를 어떻게 제한된 활자로 표현할 수 있을까?

그러나 사랑에 대해 알 수 있는 단서를 그 어원에서 어느 정도 찾을 수 있지 않을까?

사랑은 무엇일까? 사랑의 어원을 살펴보면 우리들은 '사랑'에 더 가깝게 다가갈 수 있을 것이다.

1 사랑은 '혜다'이다.

국립국어원에 따르면 현대어의 '사랑'은 15세기에는 'ᄉᆞ랑'으로 애(愛), 사(思), 모(慕)의 의미를 가진 다의어였다. 그런데 현대어 '사랑'의 의미보다는 오히려 '생각'이라는 뜻을 가진 경우가 더 많았다고 한다. 정말 놀랍게도 우리말 사랑과 발음이 똑같은 산스크리트어 사랑(smAram, 동사 활용형)의 뜻은 '기억', '생각'이다.

※ 혜다: '생각하다'의 옛말.

2 사랑은 '탐욕 없음(alobha)'이다.

역사 비교 언어학적 연구 결과 사랑의 뜻인 영어 '러브(love)'와 독일어 '리브(liebe)'는 산스크리트어 '로바(lobha)'에서 유래되었다. 로바의 뜻은 '탐욕(貪:탐낼 탐), 혼란, 불안, 성급'이다. 로바의 반대말은 너무 간단하고 쉽게도 '탐욕 없음(不貪), 온화, 절제, 만족'이라는 뜻의 '알로바(alobha)'이다. 하와이에서는 '알로하(aloha)'라고 인사하는데 알로하의 뜻은 '사랑'으로 상황에 따라서는 "미안합니다.", "감사합니다.", "좋다." 라고도 쓰인다.

3 사랑은 '아모하(amoha)'이다.

'사랑'은 프랑스어로 아무르(amour), 스페인어로 아모르(amor), 이탈리아어로는 아모레(amore)이다. 로마의 언어인 라틴어파(프랑스어, 이탈리아어, 포르투갈어, 에스파냐어 등)에서 쓰이는 사랑이란 단어는 라틴어 '아모르(amor)'에서 나왔고 라틴어 아모르(amor)는 '아모하(amoha)'에서 유래됐다. 산스크리트어로 '모하(痴,moha)'는 '어리석음, 무지, 혼란, 망상, 실수'를 뜻하고 반대말인 '아모하(不痴,amoha)'는 '어리석지 않음, 무지하지 않음, 무지로부터의 자유'를 뜻한다.

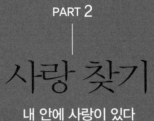

PART 2

사랑 찾기

내 안에 사랑이 있다

꽃을 사랑한다면서 꽃에 물 주는 것을 잊은 여자를 보면 우리는 그녀가 꽃을 사랑한다고 믿지 않을 것이다. 사랑은 사랑하고 있는 자의 생명과 성장에 대한 우리의 적극적인 관심이다. 이런 적극적인 관심이 없으면 사랑도 없다.
– 에리히 프롬

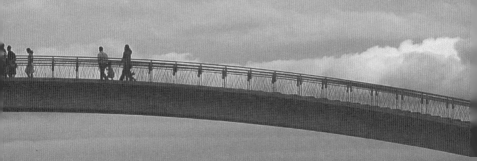

7

〈남극의 눈물: 황제펭귄 이야기〉 보며 돌봄에 대해 배우기

한 아이를 키우기 위해서는 마을 하나가 필요하다.

– 아프리카 속담

몇 해 전 MBC 특별 다큐멘터리 〈남극의 눈물〉에서 황제펭귄 부부들이 눈물겹게 새끼를 키우는 광경을 보며 많은 감동을 받았다.

황제펭귄은 짝짓기를 하고 평생 서로를 지켜 준다고 한다.

알을 낳은 암컷은 먹이를 구하기 위해 바다로 떠나고 수컷은 남아서 알을 부화시킨다. 수컷들은 넉 달 동안 수분을 유지하기 위해 눈 외에는 아무것도 먹지 않고 알을 품는다. 그런데 부화가 쉽지 않다. 실수로 알을 놓치는 경우도 있기 때문이다. 알을 놓치면 혹독한 추위로 인해 알이 금세 얼어 버리고 만다. 그러나 수컷 펭귄은 언 알을 다시 품어 본다. 얼음이 알과 비슷해서 얼음이 새끼인 줄 알고 며칠을 안고 있기도 한다.

힘든 시기를 보내고 부화를 했어도 결코 안심할 수 없다. 새끼들은 털이 자라지 않아 공기에 조금만 노출되어도 얼어 버리기 때문이다. 수컷들은 몸속에 있는 식량을 토해 내 새끼들에게 먹이고, 애지중지 털 속에 새끼를 품는다.

그 후 암컷들이 돌아오고 수컷과 역할을 교대한다. 아무것도 먹지 못한 채 아버지의 역할을 다한 수컷들은 그제야 허기를 채우기 위해 바다로 떠난다.

이 다큐멘터리에서 명장면은 허들링이다. 허들링은 수많은 펭귄들이 커다란 원을 만들어 도는 장면이다. 남극의 눈 폭풍을 견디기 위해 하나가 되는 것이다. 무리에서 이탈하면 금세 얼어 버리고 만다. 먹이를 구하러 바다로 나간 암컷을 대신해 알을 지키기 위해 아빠 펭귄들이 허들링을 한다. 펭귄들은 원 둘레에서 온몸으로 바람을 막고 있는 다른 펭귄들을 위해 일정한 시간마다 원의 안쪽으로 교대를 해 준다. 새끼 펭귄을 살리기 위해 황제펭귄 아빠들이 하나가 되는 모습을 보면서 공동체 의식을 배우게 된다. 지극정성으로 새끼를 돌보는 황제펭귄 부부의 모습을 보면서 부성애와 모성애도 함께 배우게 된다. 다른 동료를 살피면서 제 새끼를 지켜 내기 위해 허들링을 하는 모습을 보며 펭귄들의 지혜로운 사랑법을 깨닫게 된다.

사랑은 어리석지 않다.
지혜롭고 강인하다.

8

그림 〈생일〉을 감상하며
특별한 날 추억하기

사랑을 받는 것, 그것이 행복이 아니다.
사랑하는 것, 그것이야말로 진정한 행복이다.
- 헤세

가난한 유대인 노동자의 아들, 내성적이며 말까지 더듬고 종 종 간질 발작을 일으킨 화가는 누구였을까? 좀 더 힌트를 주자 면 러시아계 유대인이며 색채의 마술사라는 별명을 가진 이 사 람은? 예상했겠지만 꿈과 환상을 그린 화가, 마르크 샤갈이다.

샤갈의 그림에는 그의 평생 연인인 벨라가 자주 나온다. 샤 갈은 오직 벨라를 통해서만 사랑을 느끼고 행동하고 그림을 그랬다고 고백할 정도다.

사실, 샤갈은 여자 친구와의 산책길에서 벨라를 처음 만났다. 첫 만남에서 두 사람은 운명적으로 끌리는 것을 알았다.

샤갈의 여인, 벨라는 그 당시를 이렇게 고백했다고 한다.

"나는 마르크의 하늘처럼 푸른 눈에 가슴이 철렁했다. 아몬드처럼 갸름하며 특이하게 생긴 눈이었다. 그의 입술은 조금 벌어져 있었다. 아마도 뭔가 말하고 싶어 한 것 같다. 아니면 그의 날카롭고 하얀 이로 뭔가를 물고 싶었는지도 모른다. 뭔가를 노리고 잔뜩 도사리고 있는 야수 같아 보였다.

도대체 뭘 생각하고 있는 걸까? 양미간에 깊은 주름이 팬 그는 나를 향해 다가왔다. 나는 눈을 내리깔았다. 우리 둘다 아무 말도 하지 않았다. 서로의 가슴이 고동치고 있음을 느낄 뿐이었다. 이 남자의 얼굴은 나의 또 다른 자아로 내 안에 함께 자리 잡게 되었다.

전에도 화가들을 만난 적이 있었지만, 마르크 같은 사람은 처음이었다."

그 후 이들은 만남을 이어 갔지만, 주변의 축복은 받기가 어려웠다. 샤갈은 가난한 생선 장수의 유대인 아들로 배움이 짧

았지만, 벨라는 러시아에서 여러 개의 보석상을 운영하는 부유한 상인의 딸이었다. 역사, 철학, 문학 등을 공부하고 성적까지 우수한 수재에 배우의 꿈을 키울 만큼 출중한 미모까지 겸비하고 있었으니 벨라 집안에서 샤갈을 탐탁지 않게 생각한 것은 당연했다.

샤갈의 생일에, 벨라는 음식과 꽃을 싸서 샤갈을 방문한다. 그리고 샤갈은 그날의 풍경과 감격, 그리고 감동을 그림으로 완성한다. 바로 〈생일〉이란 작품이다.

〈생일〉은 색깔이 대담하다. 그날의 감격스럽고 강렬했던 느낌을 전달하기 위한 것이다. 검정과 빨강의 원색적인 색이 어우러져 경박하지 않고, 표정에서 드러나는 절제된 모습은 순수하고 경건한 느낌을 준다. 또 이미지를 왜곡해 인상을 배가시킨다. 백조의 목같이 왜곡된 샤갈이 벨라에게 키스하고, 이 두 사람은 중력의 법칙을 무시하고 공중에 떠 있다.

1915년에 그린 〈생일〉을 시작으로 이후 샤갈은 아름다운 연인들 연작을 쏟아냈다.

그들은 결혼을 했고, 벨라는 간질 발작 때문에 고생하는 샤갈을 어머니처럼 옆에서 지켜 준다. 그러나 샤갈의 뮤즈이자 친구, 비평가, 어머니, 애인으로 살아온 벨라는 갑작스럽게 바이러스 감염으로 죽고 만다. 벨라가 죽고 나서 샤갈은 9개월 동안 붓을 들지 못했다고 한다. 상실감이 샤갈의 의욕을 꺾은 것이다. 샤갈은 후에 다시 붓을 들었지만, 한동안 작품의 색채와 구성이 흐트러졌다고 한다. 그것을 회복하고 다시 전성기로 돌아오는 데는 많은 시간이 걸렸다고 한다.

사랑은 그 사람이 아니면
그 무엇도 할 수 없는 것.

9

〈어느 60대 노부부 이야기〉 가사 음미하기

중요한 것은 사랑을 받는 것이 아니라 사랑하는 것이었다.

- 서머싯 몸

때로 우리는 대중가요 속에서 사랑을 배운다. 사랑의 의미, 태도를 알게 된다. 어릴 적, 라디오에서 흘러나오던 노래는 제목은 모르겠지만 이런 내용이었다.

"사랑이 무어냐고 물으신다면 눈물의 씨앗이라고 말하겠어요."

이 가사 때문인지 어린 시절 나는 사랑을 아프고 슬프고 힘든 것이라고 생각했다. 사랑이 설레는 것, 가슴 떨리는 것, 두

근거리는 것인 줄은 한참 뒤에 알았다. 사랑이 눈물의 씨앗이란 것, 이것이 내가 처음으로 배운 사랑이었다. 어린아이가 배운 첫 번째 사랑치고는 너무 신파이고 노숙하지 않았나 싶다.

고 김광석의 노래가 나는 좋다. 그의 노랫말은 울림이 있고 여운이 있다. 노래를 다 듣고 나서도 공기 중에 그의 음성과 멜로디가 잔잔하게 떠다니는 것 같다.

바람이 스산하게 부는 날이면 김광석의 노래가 그리워진다. 그의 노래를 나도 모르게 흥얼거리게 된다.

그대 보내고 멀리 가을 새와 작별하듯
그대 떠나보내고 돌아와 술잔 앞에 앉으면 눈물 나누나
그대 보내고 아주 지는 별빛 바라볼 때
눈에 흘러내리는 못다 한 날들 그 아픈 사랑 지울 수 있을까
어느 하루 비라도 추억처럼 흩날리는 거리에서
쓸쓸한 사람 되어 고개 숙이면 그대 목소리
너무 아픈 사랑은 사랑이 아니었음을

어느 하루 바람이 젖은 어깨 스치며 지나가고
내 지친 시간들이 창에 어리면 그대 미워져
너무 아픈 사랑은 사랑이 아니었음을

이제 우리 다시는 사랑으로 세상에 오지 말기 그립던 말들
도 묻어 버리기
못다 한 사랑
너무 아픈 사랑은 사랑이 아니었음을
너무 아픈 사랑은 사랑이 아니었음을

음유 시인 가수 김광석의 〈너무 아픈 사랑은 사랑이 아니었
음을〉이란 노래의 가사다. 한 편의 시 같다는 느낌이 드는 노
랫말이다.

왜 너무 아픈 사랑은 사랑이 아닌 것일까? 다른 노랫말 속에
서 김광석이 부르는 '사랑'을 찾아보면 알 수 있을까?

그저 이렇게 멀리서 바라보는 것 – 〈사랑했지만〉
너 가는 길마다 함께 다니며 너의 길을 비춰 주는 것
  – 〈내 사람이여〉
그대 마음에 이르는 그 길을 찾고 있는 것 – 〈기다려 줘〉
작은 설렘으로 오늘도 너를 느끼는 것 – 〈맑고 향기롭게〉
자그맣고 메마른 씨앗 속에서 내일의 결실을 바라보는 것
  – 〈나의 노래〉
사랑은 그렇게 잊고 사는 것 – 〈내 꿈〉

그런데 내가 김광석의 노래에서 찾은 사랑의 모델은 〈어느 60대 노부부 이야기〉다. 이 노래 가사를 곱씹어 보며 결국 김광석이 이야기하려 했던 사랑이 이런 모습이 아니었을까 생각한다.

곱고 희던 그 손으로 넥타이를 매어 주던 때
어렴풋이 생각나오 여보 그때를 기억하오

막내아들 대학 시험 뜬눈으로 지내던 밤들
어렴풋이 생각나오 여보 그때를 기억하오
세월은 그렇게 흘러 여기까지 왔는데
인생은 그렇게 흘러 황혼에 기우는데

큰딸 아이 결혼식 날 흘리던 눈물방울이
이제는 모두 말라 여보 그 눈물을 기억하오

세월이 흘러감에 흰머리가 늘어감에
모두가 떠난다고 여보 내 손을 꼭 잡았소
세월은 그렇게 흘러 여기까지 왔는데
인생은 그렇게 흘러 황혼에 기우는데
다시 못 올 그 먼 길을 어찌 혼자 가려 하오

여기 날 홀로 두고 여보 왜 한마디 말이 없소

여보 안녕히 잘 가시게

여보 안녕히 잘 가시게

사랑은 함께 늙어 가며 같이한
그때 일들을 추억하는 것.

10

슬픈 영화 보면서 실컷 울기

눈물은 영혼에 내리는 여름 소나기와 같다.
- 알프레드 오스틴

남자의 눈물은 부끄러운 것으로 생각하는 것이 과거의 풍조였다. 하지만 최근 텔레비전 방송을 보면 남자가 눈물을 흘릴 때, 그리고 그 눈물의 의미를 알게 됐을 때 시청자들은 공감을 하고 큰 감동을 받는다는 것을 알 수 있다. 남자가 슬픔의 감정을 표현하는 것을 자연스럽게 받아들이게 된 것이다.

남자도 아프고 슬프고 외롭다. 남자도 울어야 할 때 울어야 한다. 울지 않으면 몸속의 다른 장기가 운다고 한다. 눈물을 흘려야 한다. 그래야 마음의 병을 막을 수 있다.

눈물은 몸 안에 있는 해로운 독소를 몸 밖으로 나가게 하는 자가 면역 시스템을 갖추게 한다. 마음 깊은 곳에 자리 잡은 우울하고 억울한 감정, 슬프고 참혹한 마음 등이 눈물을 통해 배출된다. 눈물은 감정을 순화하고 영혼을 정화시킨다.

눈물을 흘리면 면역 글로불린 G 같은 항체가 두 배 정도 증가해 암세포를 억제하거나 감소시킨다. 이 항체는 독소를 중화시키고, 병원균이 인체 세포에 접합하는 것을 사전에 차단한다. 소화기계도 원활하게 움직여서 소화력이 크게 늘어난다. 목 놓아 울면 복근과 장이 움직이면서 운동하기에 몸의 기능이 좋아지게 된다.

또한, 눈물은 스트레스도 해소해 준다. 스트레스를 많이 받으면 카테콜아민의 분비가 늘어나는데, 눈물을 통해 카테콜아민을 배출시키게 되어 심리적 안정감을 찾는 것이다. 그러나 양파를 써는 등 자극 때문에 흘리는 눈물에는 카테콜아민이 나오지 않는다.

요즘 일본에서는 '눈물 소믈리에'라는 직업이 등장했다. 손님이 주문한 요리와 어울리는 와인을 손님에게 추천하는 사람을 '소믈리에(sommelier)'라고 한다. 소믈리에는 와인의 수확 연도, 원산지, 숙성법, 품종 등에 대한 풍부한 배경 지식을 갖고 있다. 와인의 선정과 주문, 구매와 저장, 재고 관리, 목록 작성, 판매까지 와인을 총괄적으로 관리하는 전문 직종이다.

'눈물 소믈리에'는 소믈리에가 요리에 어울리는 와인을 골라 주듯이 사람들의 감정을 자극해 심금을 울릴 수 있는 책, 영화, 비디오를 추천해 준다. 이들은 눈물을 흘리기 위한 모임, 일명 '기쁨을 위한 눈물' 세미나를 개최하여 슬프거나 감동적인 이야기를 듣거나 비극적인 영화를 함께 본다고 한다. '루이 카츠(눈물 활동)'라고 부르는 이 모임은 2013년 초 시작되어 도쿄 등 대도시를 중심으로 급속히 퍼지고 있다고 한다.

마음속에 감정의 찌꺼기들이 많이 쌓여 있다면 눈물 흘릴 수 있는 계기를 만들어 보자. 울고 나면 분명 기분이 달라질 것이다. 슬픈 영화를 보면서 내 마음의 먼지를 씻어 내는 것도 좋은 방법이 될 것 같다. 주변에서 추천한 슬픈 영화들을 정리해 보았다.

〈그래비티〉(2013, 알폰소 쿠아론)

〈늑대 아이〉(2012, 호소다 마모루)

〈네버엔딩 스토리〉(2012, 정용주)

〈그대를 사랑합니다〉(2011, 추창민)

〈원 데이〉(2011, 론 쉐르픽)

〈미드나잇 인 파리〉(2011, 우디 앨런)

〈친정엄마〉(2010, 유성엽)

〈만추〉(2010, 김태용)

〈하모니〉(2009, 강대규)

〈500일의 썸머〉(2009, 마크 웹)

〈내 사랑〉(2007, 이한)

〈어웨이 프롬 허〉(2006, 사라 폴리)

〈그해 여름〉(2006, 조근식)

〈너는 내 운명〉(2005, 박진표)

〈비포 선 라이즈〉(2005, 킬런 오루크)

〈노트북〉(2004, 닉 카사베츠)

〈이터널 선샤인〉(2004, 미셸 공드리)

〈러브 액츄얼리〉(2003, 리차드 커티스)

〈연애소설〉(2002, 이한)

〈아멜리에〉(2001, 장-피에르 주네)

〈노팅힐〉(1999, 로저 미첼)

〈이보다 더 좋을 순 없다〉(1997, 제임스 L. 브룩스)

〈인생은 아름다워〉(1997, 로베르토 베니니)

〈러브레터〉(1995, 이와이 슌지)

〈중경삼림〉(1994, 왕자웨이)

〈러브스토리〉(1970, 아더 힐러)

〈내 모든 것을 다 주어도〉(1957, 알렌 라이즈너)

11

브라우닝의 시 읽고
위대한 사랑에 경의 표하기

봄의 태양이 빛나지 않으면 곡물의 씨앗은 싹트지 않는다.
그러나 참된 사랑은 세상이 차더라도 꽃이 핀다.
- 뇌티히

영문학사에서 가장 유명한 사랑 이야기의 주인공은 로버트 브라우닝과 엘리자베스 배릿 브라우닝이다. 두 사람은 각각 작품성 있는 시를 쓰는 작가로도 인정을 받았다.

남부러울 것 없는 유복한 가정에서 태어난 배릿, 그녀는 8세 때 그리스어로 《호메로스》를 읽고 14세에 첫 시를 발표한 조숙한 천재였다. 그녀는 열다섯까지 행복했다. 말에 안장을 얹

다가 척추를 다치기 전까지는 말이다. 거기다 몇 년 후 배릿은 가슴의 동맥이 터져 시한부 인생을 선고받는다. 그러나 병마와 싸우면서도 특유의 문학적 감수성과 글재주로 꾸준하게 시를 써서 시집을 냈고 그 시집으로 유명해졌다. 워즈워스의 대를 이을 계관시인 후보가 될 정도였다.

그녀의 시를 읽고 연하의 남자 브라우닝은 배릿에게 편지를 보낸다.

"당신의 시를 온 마음 다해 사랑합니다. 당신의 시는 내 속으로 들어와 나의 한 부분이 되었습니다. 온 마음 다해 그 시들을 사랑하고 당신도 사랑합니다."

마흔 살 노처녀, 거기다 장애를 입은 배릿은 여섯 살 연하인 로버트 브라우닝의 끈질긴 구애에 무릎을 꿇는다. 두 사람은 결혼하려 했지만, 딸이 얼마 살지 못하고 죽을 것이라고 생각한 배릿의 아버지가 강력하게 반대해 비밀 결혼식을 올린다. 그리고 배릿의 건강을 위해 따뜻한 이탈리아로 떠나 아들을 낳고 행복한 결혼 생활을 15년 동안 이어 갔다. 그리고 배릿은 남편 곁에서 눈을 감았다.

다음의 시는 로버트 브라우닝이 배릿에게 끊임없이 구애를 할 때, 배릿이 그에게 보낸 시다.

내 뺨에 흐르는 눈물
닦아 주고 싶은 연민 때문에 사랑하지도 말아 주세요.
당신의 위안 오래 받으면 눈물을 잊어버리고,
그러면 당신 사랑도 떠나갈 테죠.
오직 사랑만을 위해 사랑해 주세요.
사랑의 영원함으로 당신 사랑 오래오래 지니도록.

또 이런 시도 남겼다.

내가 당신을 어떻게 사랑하느냐고요?
방법을 꼽아 볼게요. 내 영혼이 닿을 수 있는
깊이만큼, 넓이만큼, 그 높이만큼 당신을 사랑합니다.

두 사람의 사랑 이야기를 정리하니 마르크스 밀러의 소설
《독일인의 사랑》이 떠오른다.
여자 주인공이 이렇게 묻는다.
"당신은 왜 나를 사랑하나요?"
남자가 말한다.
"왜냐고요? 마리아! 어린아이에게 왜 태어났느냐고 물어보

십시오. 꽃한테 왜 피어 있는지를 물어보십시오. 태양에게 왜
빛나고 있느냐고 물어보십시오. 나는 당신을 사랑하지 않을
수 없기 때문에 사랑하는 겁니다."

영화 〈정사〉에서 주인공이 나눈 대사도 사랑에는 이유가 없
다는 것을 알려 준다.

여자가 자신을 사랑하는 연하의 남자에게 묻는다.

"당신은 왜 바보처럼 나 같은 여잘 사랑하죠? 난 나이도 많
고 아이도 있는데."

그러자 그 말을 들은 남자가 말한다.

"그럼 당신은 왜 절 사랑하죠? 난 나이도 어리고 아이도 없
는데."

사랑에서 이유를 찾으려 한다면 그건 이미 사랑이라기보다
계산일 것이다.

사랑은 이유가 없다.

12

⟨워낭소리⟩의
사랑 생각하기

사람은 가끔 마음을 주지만, 소는 언제나 전부를 바친다.

– ⟨워낭소리⟩ 영화 포스터에서

영화 ⟨워낭소리⟩는 최원균 할아버지와 소 '누렁이'의 애틋한 우정과 소박한 일상을 담은 다큐멘터리 영화다. 팔순 농부와 늙은 소의 아름다운 30년 동행, 그리고 이별 이야기를 담았다. 2009년 개봉해 약 300만 명이 관람했는데 한국 독립영화 사상 최고 기록이라고 한다. 10년의 준비 기간과 제작 기간 3년, 200여 개 촬영 테잎으로 완성되어 한국영화 최초로 선댄스 영화제 다큐 경쟁 부문에 초청되는 등 흥행과 비평의 기록을 세운 이 영화는 동물과 사람 간의 우정에 대해 생각하게 한다.

이 작품을 연출한 이충렬 감독은 이 영화를 통해 IMF때 경제 위기를 겪은 아버지의 이야기를 그리고 싶었다고 한다. 그에게 있어 아버지가 소였고 소는 곧 아버지였다고 한다. 〈워낭소리〉 영화를 통해 아버지가 가족들에게 어떻게 헌신했는지를 담고 싶었다고 한다.

영화는 그다지 드라마틱하지 않다. 이야기의 흐름은 소처럼 느릿느릿하다. 그럼에도 긴 울림이 있다.

〈워낭소리〉에 나오는 누렁이는 무려 마흔 살, 살아 있는 것 자체가 기적이다. 할아버지와 소는 30년을 함께했다. 가장 좋은 친구로 때로는 식구로 함께 일하며 한 지붕 아래서 살았다.

어느 날 누렁이는 세월의 무게를 이기지 못하고 주저앉는다. 할아버지도 이런 날이 곧 오리라는 것을 예상하고 있었다. 누렁이를 살려 보려고 수의사를 찾아가지만, 올해를 넘길 수 없을 거라는 말을 듣고 돌아온다. 그 후 할아버지는 누렁이가 죽을 때까지 그 곁을 지킨다. 마치 사랑하는 사람이 마지막 가는 길을 지켜 주는 것처럼.

2012년 〈워낭소리〉에 나오는 할아버지도 이 세상을 떠났다. 할아버지는 "소와 함께 묻어 달라"는 유언을 남겼다고 한다. 유언에 따라 할아버지는 누렁이가 묻힌 워낭소리 공원묘지에 안장됐다고 한다. 살아서도 죽어서도 함께한 것이다.

할배는 꽃 여물 주고. 할배는 외양간 주고 할배는 코뚜레 주고. 할배는 워낭을 주고 난 당신 위해서 울지 않는 소. 미안해요 미안해요 더 이상 이제 못 일어나요. 꽃 되어 당신 바라다볼까. 할배 할배 할배 할배. 난 당신 논밭 갈고 난 당신 달구지 끌고. 난 당신 사랑을 맞고 난 당신 눈물을 맞고. 사랑해요 사랑해요 날 돌봐 줘서. 태어나 다시 새 되어 당신 따라다닐까 할배 할배 할배 할배.

– 김종서 노래 〈워낭소리〉

사랑은 언제나
함께하는 것이다.

13

김춘수의 시 〈꽃〉 읽고
이름 불러 보기

힘들고 외로울 때마다 내 이름을 불러 주는 이가 있습니다.
아무리 비 오고 바람 불어도 그 부드러운 목소리를 들으며
새 힘이 솟고 기쁨이 일어납니다. 이름을 부른다는 것은
'너는 혼자가 아니며, 지금 그대로의 너를 사랑한다'는 말이기 때문입니다.

– 정용철

사람들은 호감이 있는 사람의 이름을 알고 싶어 한다. "이름
이 뭐예요?"하는 가수 현아의 노래처럼 이름을 묻는다는 것은
관심이 있다는 뜻이다.

내가 그의 이름을 불러 주기 전에는

그는 다만

하나의 몸짓에 지나지 않았다.

내가 그의 이름을 불러 주었을 때

그는 나에게로 와서

꽃이 되었다.

내가 그의 이름을 불러 준 것처럼

나의 이 빛깔과 향기에 알맞는

누가 나의 이름을 불러다오.

그에게로 가서 나도

그의 꽃이 되고 싶다.

우리들은 모두

무엇이 되고 싶다.

너는 나에게 나는 너에게

잊혀지지 않는 하나의 눈짓이 되고 싶다.

　김춘수 시인의 〈꽃〉이라는 시다. 꽃을 소재로 '사물'과 '이름', '의미' 사이의 관계를 노래한 작품으로, 존재론적 의미를 담은 철학적인 내용을 담고 있다고 국어 시간에 배웠다. 이 시는 연애 시로도 제법 많이 쓰이기도 했다.

　대상에는 이름이 있다. 이름이 없다면 그 대상은 나에게 어떤 의미도 없다는 것이다. 세상에는 무수히 많은 생물과 사물이 있다. 이름으로 불리기 전에 그들은 눈짓도 의미도 없는 그저 거기 있는 대상일 뿐이었다. 그러나 이름을 부르면 그 대상은 나와 관계가 형성된다. 누군가가 내 이름을 부른다면 그것은 최소한 그에게 내가 의미 있는 대상이라는 뜻이다.

김춘수의 〈꽃〉에서 시적 화자가 누군가가 그의 이름을 불러 주기를 갈망하듯이 우리는 누군가의 눈짓이 되고 싶고 의미가 되고 싶어 한다. 나의 빛깔과 향기에 알맞은 이름으로 나를 불러 주기를 바란다.

이름 없는 들꽃은 없다. '애기똥풀, 며느리밥풀, 매발톱, 할미꽃, 수수꽃다리, 개불알꽃, 강아지풀, 패랭이꽃, 톱풀…….' 모두 이름이 있다. 우리가 그 이름을 모를 뿐이다. 나무는 이름이 아니다. '소나무, 은행나무, 대나무, 물푸레나무, 가죽나무, 두충나무, 느릅나무, 서어나무, 자귀나무, 자작나무, 향나무……'라는 이름이 있다. 허브는 이름이 아니다. '라벤더, 레몬, 민트, 마조람, 딜, 레몬버베나, 로즈메리, 재스민……'이라는 이름이 있다.

이름을 많이 알면 알수록 나는 더 많은 것과 교류하고 풍성하게 살고 있다는 것이다.

이름을 불러 주어야 하리

내, 부끄런 예를 다하여

소나무 벚나무 노루발풀 붉나무 청가시넝쿨 민둥청넝쿨 애
기나리 팥배나무 며느리배꼽 등꼴 노루오줌 며느리밑씻개
주름조개풀 때죽나무 층층나무 물푸레나무 꽝꽝나무 밤나
무 여뀌꽃 애기똥풀 무릇무릇 꽃무릇 상사디 매미 쐐기 노
린재 찌자리치송 여치잠자리 찌자리치송이

– 김용길의 〈숲〉 중에서

사랑은 향기와 빛깔에
맞는 이름을 불러 주는 것.

14

소설《국화꽃 향기》 읽으며 나무 같은 사랑 느끼기

사람을 사랑한다는 것은 얼마나 두려운 것인지요?
하지만 사랑 없이 산다는 것 또한 얼마나 두려운 것인지요?
- 《국화꽃 향기》 작가의 말 중에서

꽃 중에서 신이 제일 나중에 만든 꽃이 국화라는 말이 있다. 그래서인지 '국화' 하면 청순, 정조, 평화, 절개, 고결이라는 단어가 떠오른다. 국화는 어느 상황에서든 품격과 품위를 잃지 않는 모습이다. 또한, 들국화는 소박하고 순박한 느낌으로 다가온다.

지하철을 타면 국화꽃 향기가 혹시 어디서 나지 않을까 고개를 돌리던 시절이 있었다. 소설《국화꽃 향기》를 읽고 나서부

터이다. 소설의 첫 장면은 지하철에서 남자 주인공이 머릿결에서 국화꽃 향기가 나는 여자를 만나는 것으로 시작한다.

2000년대 초반 많은 이들의 눈물샘을 자극한 소설《국화꽃 향기》는 영화로도 만들어졌다. 위암으로 사망한 고 장진영이 여자 주인공을, 해맑은 얼굴의 박해일이 남자 주인공을 맡았다. 당시 이 소설은 군대 내무반에서 군인들이 돌려 읽으며 눈물을 흘렸을 정도로 많은 사람의 사랑을 받았다.

이 소설은 대학생 때 처음 만나 십 년 가까이 한 여자만 바라본 남자의 이야기다. 여자 선배를 사랑한 그는 10년의 세월 끝에 그녀와 결혼한다. 또 기다리던 아기까지 생긴다. 그러나 불행하게도 여자는 위암 말기 판정을 받는다. 자신의 생명과 아기의 생명 중 하나를 선택해야 하는 여자는 결국 아기를 선택한다. 치료도 받지 않고 고통스러운 순간을 아기를 위해 견뎌내던 그녀는 아기를 낳고 결국 숨을 거둔다.

이 소설은 두 개의 축으로 엮여 있다. 하나는 한 여자만을 변함없이 바라보며 사랑하는 지고지순한 남자, 그리고 하나는 아기를 위해 자신의 생명을 포기하는 여자.

나는 당신을 은혜하고 고와하며 사랑하고 사랑하고 또 사랑합니다. 쉼 없이 눈물이 흐릅니다. 국화꽃 향기가 나는 사람이여, 내 마음을 받아 주십시오.

나와 결혼해 주십시오. 나는 당신의 향기로 이미 눈멀고 귀
멀어 버렸습니다. 당신이 내게 지상에 살아있는 유일한 한
사람의 여자가 된 지 이미 8년이 되었습니다.
당신이 주는 무심함이 내게는 참기 힘든 가혹함이었지만
난 얼마든지 견딜 수 있습니다.
10년을 채우고 20년을 채울 수 있습니다.

- 《국화꽃 향기 1》 123~124쪽

오직 한 여자만을 바라보며 사랑했던 남자 주인공 승우, 그
는 이렇게 말한다.

"나무는 한 번 자리를 정하면 절대로 움직이지 않아. 차라
리 말라죽을지라도. 나도 그런 나무가 되고 싶어. 이 사랑
이 돌이킬 수 없는 것일지라도 ……."

"사랑은 움직이는 거야." 라고 말하는 인스턴트식 사랑을
합리화하는 요즘 세대에게 나무 같은 사랑을 하라고 하면 구
닥다리라고 하겠지만 나는 사랑은 나무 같아야 한다고 생각
한다.

15

〈울지마 톤즈〉 보고
이웃 돌아보기

인간이 인간에게 꽃이 될 수 있다는 것.
- 영화 〈울지마 톤즈〉의 첫 자막

남수단의 슈바이처, 고 이태석 신부의 감동 휴먼 다큐멘터리 〈울지마 톤즈〉.

이태석 신부는 대학에서 의학을 공부했다. 그는 왜 사회적 지위와 존경, 경제적 안정을 얻을 수 있는 자리를 포기하고 위험하고 가난한 나라에 가서 그곳 사람들의 친구가 되었을까?

그가 선교사로서의 삶을 택하게 된 계기는 성경 마태복음 25장 40절의 말씀 '임금이 대답하여 이르시되 내가 진실로 너희에게 이르노니 너희가 여기 내 형제 중에 지극히 작은 자 하나에게 한 것이 곧 내게 한 것이니라.'였다고 한다.

이태석 신부가 가고자 하는 길을 가족들은 어떻게 생각했을까? 가톨릭 신자였지만 흔쾌히 그 길로 보내 주지는 못했을 것이다. 피할 수 있으면 피하고 싶은 잔이었을 것이다.

영화 속 이태석 신부의 둘째 누나 인터뷰를 보면 이런 대목이 나온다.

이태석 신부의 어머니는 이미 자식 둘을 신부와 수녀로 보냈다. 그런데 의대에 간 아들마저 신부가 되겠다고 하자 강하게 반대했다고 한다. 사제의 꿈을 꾸는 군의관 이태석은 어머니와 다방에서 만난다. 성직자가 되는 것을 만류하는 어머니 앞에서 아들은 눈물을 흘리며 말했단다. 자기도 모르게 자꾸 하나님한테 끌리는 걸 어떻게 하느냐고.

어머니께 효도도 한 번 제대로 못하고 경제적 도움을 주지도 못한 것에 청년 이태석은 가슴 아파하며 울었다고 한다. 그러나 신을 사랑하고 신에게 헌신하고자 하는 의지는 어머니도 꺾지 못했다. 신과의 사랑은 어느 누구도 막을 수 없었다. 신과 결혼하겠다는 그 뜻을 누구도 꺾을 수 없었다. 본인조차도 그 사랑을 멈추고 싶었겠지만 멈춰지지 않았을 것이다.

이후 이태석 신부는 자신만의 특별한 삶을 찾아 나선다. 세상에서 가장 가난한 한 곳 아프리카 남수단 남쪽의 작은 마을 톤즈로. 그는 그곳에서 성직자로, 아니 그곳 주민들의 친구와 가족으로서의 삶을 선택한다. 가난하고 병든 자들의 의사요, 교사요, 신부요, 음악가로서 톤즈의 지극히 작은 자들에게 자신의 온몸과 맘을 바친다.

나병인이 사는 마을에서 환자들 발의 고름을 직접 짜내고, 그들에게 맞는 신발을 손수 디자인하여 선물한다. 그리고 그들의 부서진 몸과 마음을 따뜻하게 다독여 준다. 학교를 세우고, 브라스 밴드를 만들고, 병원을 짓고, 앰뷸런스를 선물한 톤즈의 아버지가 된 것이다.

이태석 신부는 2008년 가을, 휴가차 한국에 들렀다가 말기 대장암이라는 판정을 받는다. 난생처음 받은 건강검진에서 말기 암 판정을 받은 그는 "톤즈에서 우물을 파다 왔어요. 마저 파러 돌아가야 하는데……."라고 말했다고 한다. 그리고 투병 끝에 2010년 1월 그를 사랑의 도구로 썼던 하나님께로 간다. 그때가 마흔여덟이었다.

영화는 톤즈 브라스 밴드가 마을을 행진하는 것으로 끝난다. 밴드 맨 앞에 선 한 소년이 들고 있는 영정 사진 속에서 이태석 신부는 환하게 웃고 있다. 지금도 그는 하늘에서 우리를 향해 웃고 있을 것이다. 짧은 생이었지만 톤즈 사람들과 행복하

게 살 수 있었다고. 내가 떠났지만, 톤즈 친구들이 언제나 희
망을 잃지 않고 살기를 기도할 것이다.

사랑은 이웃의 아픔을
외면하지 않는 것.

16

성경에서 사랑 찾기

그런즉 믿음, 소망, 사랑,
이 세 가지는 항상 있을 것인데 그중의 제일은 사랑이라
- 〈고린도전서〉 13장 13절

기독교는 사랑의 종교다. 불교가 자비, 유교가 인을 강조했다면 기독교는 사랑을 강조했다.

인간을 너무나 사랑해서 스스로 인간이 되어 이 땅에 온 예수. 하나님과 본체였으나 비천하고 남루한 마구간에서 태어난 예수, 그리고 인간을 구원하기 위해 십자가 처형을 감당한 사랑을 보여 준다.

그리고 혁명적인 메시지를 선포한다.

간음한 여인을 돌로 치려고 모인 이들에게 "죄 없는 자 돌로 치라."라고 해 모든 사람이 돌을 내려놓게 한다. "너의 뺨을 치는 자에게 고개를 돌려 다른 쪽 뺨도 내밀라."고 한다. 악을 악으로 갚지 말고 악을 사랑으로 극복하라고 한다. 원수를 사랑하고 핍박하는 사람을 위해 기도하라고 한다. 가난한 사람이 복이 있다고 한다.

과부와 창녀, 어린아이를 돌보며 모두가 외면한 이들의 친구가 되어 준 예수, 그를 통해 수많은 사람들의 인생이 변하고 역사가 바뀌었다.

사랑을 몸소 실천한 예수의 삶이 궁금하다면 성경 공관복음을 읽어 보는 것이 좋다. 물론 예수에 관한 책들은 많다. 그를 설명하고 그의 삶을 조명하고 그가 인류에게 남긴 의미들을 기록하고 그에 대해 해석한 수많은 책들이 있다. 그러나 예수의 본 얼굴과 마주하고 싶다면 마태, 마가, 누가복음을 읽는 것이 좋을 것 같다. 예수와 함께하고, 그를 가까이서 목격하고 지켜본 제자들의 진술을 만날 수 있기 때문이다.

성경에 사랑이란 말이 몇 번 나왔을까? 공동 번역 성경에는 사랑이라는 단어가 755번 나온다고 한다. 성경에 사랑이 어떻게 나오는지, 사랑을 어떻게 정의하는지 알고 싶다면 인터넷

에서 무료로 제공하는 성경을 이용해 검색하면 된다. (홀리바이블 www.holybible.or.kr)

사랑이란 말을 검색한 다음 그 사랑이 들어간 요절 앞뒤를 읽어 문맥을 파악해 보는 것이다.

인류의 고전, 성경이 당신에게 말하고 있는 사랑이 무엇인가?

당신이 성경에서 검색한 최고의 사랑은 무엇인가? 당신의 가슴을 철렁이게 하고 날 선 검이 되어 당신의 폐부를 찌른 사랑은 무엇인가?

많은 이들이 알고 있는 〈고린도전서〉 13장의 사랑을 나 또한 좋아한다. 사랑장이라고 일컬어지는 〈고린도전서〉 13장은 사도 바울이 쓴 편지로 문학적으로도 손색이 없다.

내가 인간의 여러 언어를 말하고 천사의 말까지 한다 하더라도 사랑이 없으면 나는 울리는 징과 요란한 꽹과리와 다를 것이 없습니다.

내가 하느님의 말씀을 받아 전할 수 있다 하더라도 온갖 신비를 환히 꿰뚫어 보고 모든 지식을 가졌다 하더라도 산을 옮길 만한 완전한 믿음을 가졌다 하더라도 사랑이 없으면 나는 아무것도 아닙니다.

내가 비록 모든 재산을 남에게 나누어 준다 하더라도 또 내가 남을 위하여 불 속에 뛰어든다 하더라도 사랑이 없으면 모두 아무 소용이 없습니다.

사랑은 오래 참습니다. 사랑은 친절합니다. 사랑은 시기하지 않습니다. 사랑은 자랑하지 않습니다. 사랑은 교만하지 않습니다.

사랑은 무례하지 않습니다. 사랑은 사욕을 품지 않습니다. 사랑은 성을 내지 않습니다. 사랑은 앙심을 품지 않습니다. 사랑은 불의를 보고 기뻐하지 아니하고 진리를 보고 기뻐합니다.

사랑은 모든 것을 덮어 주고 모든 것을 믿고 모든 것을 바라고 모든 것을 견디어 냅니다.

사랑은 가실 줄을 모릅니다. 말씀을 받아 전하는 특권도 사라지고 이상한 언어를 말하는 능력도 끊어지고 지식도 사라질 것입니다.

우리가 아는 것도 불완전하고 말씀을 받아 전하는 것도 불완전하지만 완전한 것이 오면 불완전한 것은 사라집니다.

내가 어렸을 때에는 어린이의 말을 하고 어린이의 생각을 하고 어린이의 판단을 했습니다. 그러나 어른이 되어서는 어렸을 때의 것들을 버렸습니다.

우리가 지금은 거울에 비추어 보듯이 희미하게 보지만 그때에 가서는 얼굴을 맞대고 볼 것입니다. 지금은 내가 불완

전하게 알 뿐이지만 그때에 가서는 하느님께서 나를 아시
듯이 나도 완전하게 알게 될 것입니다.

그러므로 믿음과 희망과 사랑, 이 세 가지는 언제까지나 남
아 있을 것입니다. 이 중에서 가장 위대한 것은 사랑입니
다. - 〈공동 번역 성경〉

너희가
사랑을 아느냐?

사랑이라는 말이 너무 흔한 세상이다. "사랑합니다. 고객님"이란 말을 하루에도 수없이 듣는다. 거리를 지나도 사랑이란 단어를 무수히 만난다. 텔레비전 드라마 제목도 사랑, 노래 제목도 사랑 일색이다. 노래방 기기에는 사랑이란 단어가 들어간 제목의 노래가 얼마나 될까? 아마 수천 개가 넘을 것이다. 거기다가 사랑이라는 가사가 들어간 노래까지 합치면 굉장할 것이다. 차라리 사랑이 들어가지 않는 노래를 찾는 게 쉬울지도 모른다.

예술가들과 위대한 위인들은 사랑을 어떻게 표현했을까? 환희에 찬 정의도 있고 비극으로 보는 정의도 있지만 결국, 사랑이 아름답다고 말하는 데는 이견이 없을 것이다.

- 사랑하는 것이 인생이다. 사람과 사람 사이의 결합이 있는 곳에 기쁨이 있다.
  - 괴테
- 사랑이란 자기희생이다. 이것은 우연에 의존하지 않는 유일한 행복이다. - 톨스토이

- 사랑의 법은 치외법이다. - J. 가우너

- 제대로 사랑하기 위해서는 사랑을 보여 주는 것이 중요하다. - 도스토옙스키

- 삶의 무게와 고통에서 자유롭게 해 주는 한마디의 말, 그것은 사랑이다.

  - 소포클레스

- 사랑은 눈으로 보지 않고 마음으로 본다. - 셰익스피어

- 누군가를 사랑한다는 것은 우리의 인생 과업 중에 가장 어려운 마지막 시험
  이다. 다른 모든 일은 그 준비 작업에 불과하다. - 라이너 마리아 릴케

- 사랑의 고통은 그 어떤 즐거움이나 쾌락보다 훨씬 달콤하다. - 존 드라이든

- 사랑으로 얻는 고통은 자기 스스로만 고칠 수 있다. - 마르셀 프루스트

- 사랑을 치유하기 위한 유일한 방법은 더 많이 사랑하는 것이다. - 헨리 데이
  비드 소로

- 중요한 것은 사랑을 받는 것이 아니라, 사랑을 하는 것이다. - 서머싯 몸

- 사랑하는 것은 천국을 살짝 엿보는 것이다. - 카렌 선드

- 사랑은 무엇보다도 자신을 위한 선물이다. - 장 아누이

- 누군가를 사랑한다는 것은 자신을 그와 동일시하는 것이다.

  - 아리스토텔레스

- 사랑이란 자유로운 선택의 실천이다. 서로가 없어도 분명 잘 살 수 있지만, 함
  께 살기로 선택할 때만이 서로 사랑한다고 할 수 있다. - 모건 스콧 펙

- 사랑이란 인생에서 맛볼 수 있는 최대의 기쁨이다. - 스탕달

- 사랑할 수 있다는 것은 모든 것을 할 수 있다는 것이다. - 안톤 체호프

- 사랑을 받지 못하는 것은 슬프지만, 사랑을 할 수 없는 것은 더욱 슬프다.

  - 미겔 데 우나무노

PART 3

사랑 실천법 1

나를 사랑하는 법

'진정한 사랑'은 스스로를 사랑하는 것이다. 자신 안의 리듬을 깨닫고 따라가며 만족시켜 주는 과정에서 더욱 멋지고 건강한 사람이 될 수 있다. 자신을 아끼고 존중하는 사람이 다른 사람을 사랑할 수 있고 누군가에게 사랑받을 수 있다.

17

오늘은 행복한 이기주의자가 되어 보기

나 자신을 소중히 여길 때에만 진정한 행복을 찾을 수 있다.
성공은 행복에 뒤이어 찾아오는 것이다. 내가 행복해야만 온 세상이 행복해진다.
- 스펜서 존슨

착한 사람은 오래 살지 못한다고 한다. 착하기 때문에 남을 배려하느라 화를 참고 감정을 억눌러서 오히려 암에 더 걸린단다. 적절하게 자신의 감정을 배출하지 못해 독이 쌓이는 것이다.

"착하다."라는 말이 더 이상 칭찬이 아닌 시절을 살고 있다. 착한 사람은 모자라거나 약지 못하고 손해를 보는 사람이라는 뜻으로 쓰일 때가 많다. 사람들은 "착하다."라는 말을 듣고 좋아해야 하는지 기분 나빠해야 하는지 살짝 고민에 빠진다. 씁쓸하지만 "착하다."라는 말은 "너는 좀 멍청하구나!"라고 속뜻을 숨겨 말하는 것 같기도 하다.

내가 아는 사람 중에는 거절을 잘 못하는 사람이 있다. 자신의 일이 코가 석 자임에도 남의 부탁을 잘 거절하지 못한다. 여러 일을 하다 보니 결국 일이 성과를 못 내고 실수도 잦다. 자신의 상황을 고려하지 않는 무조건적인 배려와 친절은 결국 자신에게 좋지 않다. 나뿐 아니라 상대방에게도 해가 되기도 한다.

하루 정도 이기주의자가 되어 보자. 주변 사람들의 의견에 따라 식당을 결정하지 말자. 한식당에 가서 김치찌개를 시키지 말고 내가 먹고 싶은 스파게티를 먹으러 가자. 오늘만큼은 지갑에 있는 돈을 나를 위해 먼저 쓰고 맛있는 음식도 내가 먼저 먹자. 지하철에 자리가 나면 피곤한 내 다리를 위해 앉아 주자. 5천 원의 커피도 나만의 작은 사치로 여기고 사 먹자. 왜? 나는 소중하니까!

이기주의자는 왠지 나쁜 말 같다. 인격을 비난하는 말 같기도 하다. 다른 사람들을 배려하고 위로하고 상처를 싸매 주라는 도덕적 말들로 우리는 늘 이타주의에 강박을 당해 왔다. 자기의 뜻과 욕망을 숨기며 살아야 좋은 사람, 인품 있는 사람이 되는 것 같다.

'내 행복만 찾는다면 이기주의자라는 소리를 듣지 않을까?' 하며 두려워한다. 남의 시선을 의식하는 것이다. 다른 사람의 시선을 의식하고 산다면 행복해지기 어렵다. 다른 사람의 시선을 의식하지 않으면 혹시나 욕먹지 않을까 걱정을 한다. 욕 좀 먹고 좀 편해지자. 그것이 남에게 피해를 주는 것이 아니라면 말이다.

'합리적 개인주의자'는 '저밖에 모르는 에고이스트'와는 분명 다르다.

웨인 다이어는 〈행복한 이기주의자가 되는 10계명〉을 제시한다.

1. 남보다 먼저 자신을 사랑하라.
2. 다른 사람의 눈치를 보지 말라.
3. 자신에게 붙어 있는 꼬리표를 떼라.
4. 자책과 걱정은 버리라.
5. 미지의 세계를 즐기라.
6. 의무에 끌려다니지 말라.
7. 정의의 덫을 피하라.
8. 결코 뒤로 미루지 말라.

9. 다른 사람에게 의존하지 말라.

10. 화에 휩쓸리지 말라.

내가 나를 배려하지 않으면 남도 나를 배려하지 않는다.

내가 나를 존중하지 않으면 남도 나를 존중하지 않는다.

내가 나를 사랑하지 않으면 남도 나를 사랑하지 않는다.

내가 행복해야 내 주변 사람도 행복하다.

사랑은 있는 그대로의
내 모습을 인정한다.

18

하루 종일 걷기

걷는다는 것은 세계를 온전히 경험하는 것이다.

- 다비드 르 브르통

제주 올레길이 생긴 후에 많은 사람들이 아름다운 길을 찾아 걷기 시작했다. 무엇인가 새로운 일을 시작하기 전에, 누군가 와 이별을 하고 다친 마음을 치유하기 위해, 오래전 친구를 만 나 옛 추억을 이야기하기 위해 사람들은 길을 찾아 나선다.

그러나 이런 목적 없이 그냥 걸어 보자. 걸으면서 노래를 흥 얼거려도 되고 온갖 잡다한 생각을 해도 된다. 어느 정도 걷다 보면 무념무상에 빠지는 단계까지 갈 것이다.

우리나라에도 잘 알려진 틱낫한 스님은 걷기 명상을 전파한다. 한국에 와서 많은 사람들과 함께 걷기도 했다.

"걱정과 불안, 망상에 한눈팔지 말고 마음을 호흡과 발밑에 집중하라. 온전히 지금 하고 있는 일에 집중하라. 온갖 생각과 함께 방황하지 말고 '지금 이 순간' 하는 일에만 집중하라."

프랑스 남부 보르도 지방에서 틱낫한 스님이 이끄는 수행 공동체인 플럼 빌리지의 사람들은 걷기 수행을 한다. 이들은 걷는 것만으로 평화롭고 행복하다고 한다. 틱낫한 스님은 들숨날숨의 호흡을 관찰하거나 걷는 것만으로도 깨달음을 얻을 수 있다고 한다.

"내 손을 잡으세요. 함께 걸읍시다. 단지 걷기만 할 것입니다. 어딘가로 간다는 생각을 하지 않고 그냥 걷는 것을 즐겁게 만끽할 것입니다. 평화롭게 걸으세요. 행복하게 걸으세요."

사랑은 혼자 걸을 때 마음속에서
함께 걷고 있다고 생각하는 그 사람이다.

혼자 걷기 좋은 곳

- 아름다운 자연 속 고대 백제 유적지 – 몽촌토성길
- 깨끗하고 아름다운 서울의 명소 – 남산 산책길
- 혼자 걸어도 멋진 자연호수 공원 – 율동 공원
- 행복 지수가 올라가는 쉼터 – 물향기 수목원
- 피로 해소 같은 산책길 – 아차산 생태 공원
- 600년 역사가 숨 쉬는 공원 – 낙산공원 길
- 커피 향 가득한 동네 – 부암동
- 조용하고 이국적인 산책길 – 서래 마을, 서래 올레길
- 녹색 세상에서 보낸 멋진 하루 – 서울숲
- 서울에서 누리는 혼자만의 시간 – 양재천
- 가장 한국적인 풍경을 간직한 마을 – 외암리 민속 마을
- 한국 최대의 도자기 마을 – 이천 도예촌
- 한국에서 가장 큰 고인돌 밀집 지역 – 고인돌 마을
- 해학과 여유가 있는 마을 – 낙안읍성 민속 마을
- 영국 여왕도 반한 전통 한옥 마을 – 안동 하회 마을
- 모두에게 만족을 주는 전통 체험 공간 – 한국 민속촌
- 모던보이, 모던걸이 사랑한 길 – 서촌길
- 6,000년 전으로 떠나는 시간 여행 – 암사동 유적지
- 조선 왕조가 만든 길을 걷다 – 장충동 성곽 길
- 음식 맛과 경치가 뛰어난 동네 – 봉평 장터
- 잘 비벼진 비빔밥 같은 동네 – 전주 한옥 마을
- 혼자 먹고 보고 쇼핑하기 좋은 골목 – 부산 남포동

- 위대한 자연을 만나는 자연 생태계의 보루 – 계룡산
- 가장 많은 사람들이 찾는 국립공원 – 북한산
- 도시인이 즐겨 찾는 도심 속 쉼터 – 관악산
- 나 홀로 걷기 좋은 산길 – 도봉산
- 수려한 경치를 지닌 서울의 명산 – 인왕산
- 외국인들에게도 인기 있는 재래시장 – 부산 자갈치 시장
- 한국을 대표하는 전통 종합 시장 – 서울 남대문 시장
- 멋스러운 항구, 아름다운 마을 – 속초 중앙 시장
- 건축물을 따라 걷는 역사 체험 – 수원 팔달문 시장

출처 : 구지선, 《혼자여서 더 좋은 여행》, 넥서스BOOKS, 2013

19

하루 종일
책 읽기

내 눈앞에 보이는 것이 다가 아니라는 것,
뭔가 다음이 있다는 것을 알게 해 준 것이 내게는 책이었다.

- 신경숙

누군가의 집이나 사무실에 가게 되면 살피는 것이 있다. 그 사람의 책장이다. 물론 벽에 걸린 그림에도 관심이 생기고 예쁘게 키우고 있는 화초에도 눈이 간다. 어항 속 열대어들의 움직임을 관찰하는 것도 내가 좋아하는 일이다. 그러나 책만큼 눈길이 가지는 않는다. 책장에 책이 많으면 그 사람의 인격이나 품성에 대해 일단 점수를 후하게 주게 된다. 물론 장식용 책으로 꽂힌 책장은 한눈에 봐도 알 수 있고 그런 책장의 주인장은 약간의 허영기가 있겠구나 하고 생각하기도 한다.

그 사람 책장에 꽂힌 책은 그 사람이 어떤 사람인지 알게 해 준다. 어떤 책을 읽느냐를 보면 그 사람이 무엇에 관심이 있는지 알게 된다. 소설을 좋아하는지 인문학을 좋아하는지 아니면 경제에 관심이 많은 사람인지, 자연에 대해 사랑하는 마음을 품고 있는지 예측할 수 있다.

간혹 그 사람의 책장 속에서 내가 읽었던 책을 만나면 무척 반갑다. 그 사람과 친밀해지는 느낌이다. 같은 비밀을 가진 사람처럼 유대감도 생긴다.

그 사람이 읽고 있는 그 책이 그 사람을 말해 준다.

지금 당신이 읽고 싶은 책 세 권을 생각해 보라. 그 책이 바로 지금 당신의 현실이고 욕망이고 갈증이다. 만약 떠오르는 책이 없다면 온라인 서점에서 읽고 싶은 분야나 키워드를 검색해 보라. 당신이 검색하는 그 단어가 바로 당신이다.

지금 우리는 사랑을 알아 가는 과정 속에 있다. 사랑에 대해 더 알고 싶다면 사랑이란 단어를 검색어 창에 넣어 보라. 수백 권의 책이 나올 것이다. 소설, 시, 경제, 인문과학, 사회과학 분류에 따라 사랑이란 제목을 달고 있는 책들의 목차를 보고 서문을 보라.

끌리는 책이 있을 것이다.

나의 내면을 채우겠다는 욕심, 마음의 양식을 채운다는 목적 없이 그냥 책을 읽어 보자. 내 기호와 욕망에 따라 책을 선택해 보는 것이다.

꼬리에 꼬리를 무는 독서는 어떨까?

책을 읽다 보면 그 책의 참고 문헌이나 인용 도서가 나온다. 그 책을 찾아 읽는 것이다. 시집에서 시작했는데 그것이 계속 꼬리를 물어 어느 시점에 내 평생 전혀 읽을 일이 없을 거라고 생각한 《조선왕조실록》을 손에 쥐고 있을 수도 있다.

책 여행은 그래서 신선하고 재미있다. 한 달에 10권 읽기, 1년에 100권 읽기 프로젝트를 계획해도 좋다.

〈아라비아 로렌스〉라는 영화로 잘 알려진 T. E 로렌스는 47세의 나이로 세상을 떠났는데 생전에 무려 3만 권의 책을 읽었다고 한다. 하루 평균 2~3권의 책을 읽은 셈이다. 제1차 세계 대전 당시 아랍에서 군인으로 있었던 신분을 생각하면 굉장한 독서량이다.

광고인 박웅현은 "책은 도끼다."라고 말했다. 책이 얼어붙은 감성을 부술 수 있기에 도끼라고 표현한 것이다. 읽은 책이 내 속에 들어가 일어나는 화학적 결합, 즉 의미를 가질 수 있는 내 인생의 책을 가져야 한다. 우리의 굳은 감성을 번뜩이게 할 도끼가 될 만한 책을 만난다면 얼마나 행복할까?

박웅현은 3가지 기준으로 책을 선택한다고 한다. 존경하는 선후배들이 추천하는 책, 내가 좋아하는 작가들의 책, 특별한 책이 없다면 무조건 고전(古典)으로 들어간다고 한다.

책 선택이 어렵다면 그의 방법을 한번 따라 보자.

책 읽는 모습은 언제나 아름답다.
사랑은 아름다운 모습을 만들어 가는 것.

20

집 안 구석구석
청소하기

정리될 수 없는 너무 복잡한 인생은 없다.

- 마사 스튜어트

약속이 없는 주말 아침, 생각보다 일찍 일어났다. 평소 같으면 느지막하게 일어나 브런치를 한 후, 텔레비전 리모컨을 들고 다시 거실 소파에 누웠을 것이다. 그런데 평소와 다르게 일찍 눈이 떠졌다. 날씨는 쾌청하다. 햇빛도 좋고 바람도 적당하다. 황사도 없고 미세 먼지도 없다. '이런 날 왜 나는 집에 있어야 할까?' 하는 억울한 마음이 들기도 한다.

이럴 때엔 어떻게 해야 할까? 일단 창문을 열자. 신선한 아침 공기를 크게 들이마시고 내 몸속 가득히 산소를 채우자. 그러고 나서 청소를 시작하는 것이다.

《내면 세계의 질서와 영적 성장》이란 책을 쓴 고든 맥도날드는 자신의 책상과 주변을 살펴보라고 주문한다. 만약 책상이 어지럽고 정신이 없다면 내면의 상태도 마찬가지라고 말한다.

청소기를 돌리고 물걸레질을 한다. 소파도 낑낑대며 옮겨 놓고 소파 아래 켜켜이 쌓인 먼지도 닦아낸다. 소파가 있던 자리에서 동전 몇 개가 나올 수도 있다. 잊어버렸던 반지나 열쇠가 나올 수도 있다. 창틀의 먼지도 제거하고 신문지를 구겨 유리창도 힘껏 닦자.

거실 청소가 끝났으면 화장실로 가자. 변기, 세면대, 거울, 욕조 등을 반짝반짝 윤이 나게 닦아 보자.

이제 내 방이다. 키보드와 모니터에 쌓인 먼지도 닦아내고 책상 위에 어지럽게 널브러진 볼펜과 포스트잇도 정리한다. 어젯밤 먹다 남긴 커피가 있는 머그잔도 치우고 가득 찬 휴지통도 비운다.

베란다에서 말라 가고 있는 화초에 물을 주고 키가 웃자란 식물은 분갈이도 해 준다. 세탁기도 돌리고 옷장도 정리한다. 잘 입지 않는 옷은 모았다가 수거함에 갖다 놓기로 한다. 이렇게 대청소를 마치고 나면 대략 오후 4시 정도가 되지 않을까?

오랜만에 한 대청소. 몰라보게 변한 우리 집, 내 공간. 반짝반짝 빛나는 유리창에 한가득 쏟아지는 오후 햇살이 눈이 부시다.

이제 내가 할 일은 개운하게 샤워하기. 그러고 나서 낮잠을 청해 본다.

대청소는 나에게 그 누구와의 데이트보다 달콤한 낮잠을 선물로 줄 것이다.

사랑은 낮잠처럼 달콤하다.

21

친구랑 찜질방 가서
하루 종일 놀기

일만 하고 휴식을 모르는 사람은 브레이크가 없는
자동차와 같아서 위험하기 짝이 없다.
- 존 포드

직장인들에게 최고의 기쁨은 휴가다. 하지만 쌓여 있는 일과 상사의 눈치를 보느라 한 달에 한 번 쓰는 월차 내기가 쉽지는 않다. 그런데 어렵게 얻은 월차라는 금쪽같은 시간을 그냥 집에서 무료하게 지내는 때가 많다.

물론 계획은 있었다. 그러나 일어나고 보니 늦은 아침이다. 새벽에 등산을 가겠다고 한 계획은 벌써 무너지고 말았다. 혹은 조조 영화를 보겠다는 계획도. 한번 무너진 계획은 모래로

쌓은 탑이 되어 버린다. 만사가 다 귀찮아 그냥 집에서 빈둥거리게 된다.

저녁이 되면 그제야 하루를 허비했다는 생각에 후회에 빠진다. 가까운 공원에 산책이라도 갈 걸, 보고 싶었던 영화라도 볼 걸, 서점에 가서 요즘 잘나가는 책이 뭔지 살필 걸, 전시회라도 가 볼 걸, 밀린 옷장 정리를 할 걸, 한다.

월차를 잘 쓰는 방법 중 하나는 친구와 같은 날 월차를 잡는 것이다. 그리고 그 친구와 함께할 수 있는 일을 찾는다. 혼자 세우는 계획은 지키기가 어렵다. 강력하게 자신을 붙들어 줄 수 있는 의지가 없다면 소중한 월차는 그냥 덧없이 날아가 버린다.

친구와 약속을 잡으면 그 약속을 지키기 위해서 계획대로 움직이게 된다. (세 사람과의 약속은 불상사를 만들기도 한다. 셋이서 북한산 등산을 약속했는데 그날 아침, 지하철역에 나온 사람은 나 하나였다. 셋이라서 '나 하나 빠져도 둘이 잘 가겠지.'라는 생각이 그런 불상사를 내고 말았다. 그 일이 있고 나서 나는 셋이 만나는 일은 언제나 다짐을 받아 둔다.)

친구랑 휴가에 할 수 있는 것들은 많다. 근교에 있는 아울렛 매장으로 쇼핑을 갈 수도 있고 맛집을 찾아 나설 수도 있다. 기차를 타고 멀지 않은 곳에 여행을 다녀올 수도 있다.

나는 좀 이색적인 만남을 제안한다. 찜질방에서의 약속이다. 찜질방은 목욕하는 장소로만 그치지 않는다. 목욕뿐 아니라 휴식, 친목, 미용 등을 한 공간에서 할 수 있기 때문에 적은 돈으로도 온종일 지낼 수 있다. 식당, 만화방, PC방, 오락실 등이 있어서 심심하지도 않다. 음식도 다양하다. 한식과 분식, 양식까지 총망라하는 먹을거리가 있다.

손이 닿지 않는 등을 친구와 함께 서로 밀어 주고 자수정, 참숯, 게르마늄, 소금, 대나무, 얼음, 황토방을 순회하면서 이야기를 나누고 계란을 까먹는 재미도 있다. 다른 사람들이 주고받는 이야기에 요즘 세상사를 읽을 수도 있다. 그런 점에서 찜질방은 새로운 광장이기도 하다.

친구와 함께 찜질방에 가서 뭉친 어깨를 풀어 주고 땀을 빼며 쌓인 스트레스와 긴장을 훌훌 털어 보자. 지친 몸을 뜨거운 물로 씻은 후, 찜질방 바닥에 앉아 시원한 음료수를 마실 때의 느낌, 상상만 해도 즐겁다.

사랑은 손이 닿지 않는
상대방의 등을 밀어 주는 것.

22

정상을 목표로 산 오르기

도전은 인생을 흥미롭게 만들며,
도전의 극복이 인생을 의미 있게 한다.
- 조슈아 J. 마린

외국인들이 서울에 와서 놀라는 것 중에 하나가 어디서든 산을 볼 수 있다는 것이라고 한다. 한 나라의 수도이자 메갈로폴리스인 곳에서 산을 만나기는 좀처럼 어려운 법. 그러나 서울은 북한산, 인왕산, 청계산, 남산, 관악산, 도봉산 등이 있어 조금만 노력하면 쉽게 산을 오를 수 있다. 서울뿐 아니다. 우리나라는 전 국토의 70%가 산으로 이루어져 있어 마음만 먹으면 쉽게 산을 오를 수 있다.

전 국민의 레포츠로 자리 잡은 등산, 그와 함께 아웃도어 산업도 급성장을 했다. 이제 최고의 스타인지 아닌지 판별하는 법은 아웃도어 업체의 모델이냐 아니냐로 결정된다고 한단다.

등산은 시간당 400~800 kcal가 소모되는 유산소 운동이다. 심폐 기능 개선, 심장 및 근육 강화, 스트레스 해소, 성인병 예방 효과가 있어 많은 이들이 등산을 한다. 상쾌한 공기와 숲에서 품어져 나오는 피톤치드에 몸과 마음이 가벼워진다.

등산이 좋은 이유는 힘들게 정상에 올랐을 때 맛보는 성취감 때문이다. 산꼭대기에서 올라 산 아래를 내려다보며 느끼는 희열, 기분 좋은 성취감은 '뭔가 해냈다'는 자신감을 높여 준다.

집에서 가까이에 있는 산들은 그다지 높지 않아서 장비나 복장을 꼭 갖추지 않고도 편안하게 오를 수 있다. 그러나 성취감을 느끼고 뭔가 나도 할 수 있다는 자신감을 얻고 싶다면 자신에게 약간 무리가 되는 산을 찾아 등산해 보자.

산을 오를 때에는 물론 포기하고 싶을 때가 있다. 다리가 부들부들 떨리고 호흡이 가빠지고 턱밑까지 숨이 차오를 것이다. 그러나 그것을 견디고 앞으로 나아간다면 그리고 마침내 산 정상에 오르면 인생 앞에 나타나는 장애물을 넘어 낼 수 있는 자신감이 생긴다.

그까짓 거 뭐, 한번 해 보자. 속도전으로 빨리 오르려 하지 말고 천천히 가자. 언젠가는 꼭대기에 다다를 것이다. 혼자 오르며 등산길에 피어난 작은 꽃들에게 말도 걸고, 잠시 앉아서 나무 냄새도 맡아 보자. 바람의 숨결도 느껴 보자. 다람쥐나 청설모를 만나면 인사를 건네 보자. 산새 소리도 들어 보자.

혼자가 어렵다면 친구랑 함께 오르자. 부모님도 좋다. 강아지나 고양이 같은 반려동물과 함께 걸어도 좋다. 트래킹도 좋고 하이킹도 좋다. 체력이 받쳐 주고 등산 경험이 많다면 지리산 종주도 한번 계획해 보자.

사랑은 도전이다.

23

나의 지난날 정리해 보기

인간은 인생의 방향을 결정할 규칙을 가지고 있어야 한다.

– 존 웨인

사랑을 하게 되면 상대방에 대해서 알고 싶은 것이 많다. 나이는 몇 살인지? 별자리는 무엇인지? 혈액형은 무엇인지? 그 사람이 좋아하는 색깔, 음식, 취미, 영화 등. 학교는 어디를 나왔는지? 고향은 어디인지? 나와 공통점은 무엇이 있는지?

사랑을 시작할 때, 상대방에 대한 관심으로 그에 대해 많은 것을 알고 싶어 한다. 그러나 사랑을 시작할 때 자신을 돌아보고 점검하는 일에는 소홀하다.

사람들은 자기 자신에 대해서 스스로가 잘 알고 있다고 생각한다. 그러나 정작 제대로 아는 것이 얼마나 될까? 나에 대해 객관적으로 말할 수 있을까? 사랑을 하려면 자신을 알아야 한다. 내 인생의 지난날에 대해 알아야 한다. 그런 것들을 기억하고 기록하고 생각해 낼 때 자신의 부족함을 채우고 자신의 강점을 발전시켜 나갈 수 있다.

나는 언제 어디서 태어났지?
내가 기억하는 가장 어렸을 때 일은?
내가 처음으로 누군가에게 이성의 감정을 느꼈던 시기는 언제였지?
초등학교 1학년 때 담임선생님 성함은 뭐였지?
내가 처음 목욕탕에 간 적은?
내가 태어나서 처음으로 좌절을 맛본 사건은?
내 인생 최고의 날은?

한번 시간을 내어 지금까지의 내가 살아온 날을 기록해 보자. 모두 기술할 수 없으니 나이별로 가장 인상 깊었던 사건 하나씩을 써 보자. 아주 어렸을 때 일은 기억해 내기가 어려울 것이다. 그러나 어느 해부터는 제법 기억나는 사건들이 여럿 있을 것이다. 그런 사건들을 하나하나 생각해 보자.

역사책 뒤에 나오는 연표처럼 내 삶을 정리해도 좋다.

사랑하는 사람이 생겼을 때, 내가 만든 내 역사 연보를 전해 주자. "나는 이런 사람입니다."를 가장 잘 표현하고 정리해 주는 선물이 될 것이다.

사랑은 자신을 진실하게 소개한다.

24

최고의 맛집 탐방하기

새로운 요리의 발견이 새로운 별의 발견보다
인간을 더 행복하게 만든다.
– 장 앙텔므 브리야 사바랭

맛집이라고 소개된 인터넷 정보와 텔레비전 프로그램을 믿
고 찾아갔다가 후회만 하고 돌아올 때가 많다. 번호표까지 뽑
고 긴 시간 줄 서서 기다렸다 먹고 왔지만, 기대에 미치지 못
한다. 그러나 아직 방문 전인 전국의 맛집들이 있으니 희망은
있다.

'음식으로 풀어 낸 서울의 삶과 기억'이란 부제를 단 《서울

을 먹다》(정은숙, 황교익 지음)라는 책은 서울 설렁탕, 종로 빈대떡, 신림동 순대, 성북동 칼국수, 마포 돼지갈비, 신당동 떡볶이, 용산 부대찌개, 장충동 족발, 영등포 감자탕, 을지로 평양냉면, 오장동 함흥냉면, 동대문 닭 한 마리, 홍대 앞 일본 음식, 왕십리 곱창을 소개하고 있다. 음식에 얽힌 사회상과 배경 등을 읽고 있으면 음식은 참 많은 이야기를 담고 있구나 하는 생각이 든다.

이런 음식이 어디 서울뿐인가? KBS-TV의 〈한국인의 밥상〉을 보면 이 작은 나라 한국에 먹을 것이 얼마나 다양한지 놀라울 뿐이다. 바다와 산, 평야가 함께 있는 것이 그 이유일 것이다.

각 지방에는 그곳 특산물에 맞는 음식이 넘친다. 부산에는 돼지국밥과 밀면, 전주에는 비빔밥과 콩나물국밥, 춘천에 닭갈비, 평창에 황태구이, 남원에 추어탕, 목포 홍탁, 광주에 양반 떡갈비, 마산에 아귀찜, 진천에 올갱이국, 대구에 막창 구이, 안동에 헛제삿밥, 강화도에 밴댕이 회 등.

허영만이 그린 만화 《식객》을 보고 있으면 대한민국 전국 방방곡곡에 있는 맛집을 찾아가고 싶다. 색깔을 넣지 않고 먹으로만 그린 만화 속 음식임에도 보고 있으면 침이 고인다. 언젠가 기회가 된다면 그 고장의 음식점을 찾아가고 싶은 마음에

식당 이름이나 메뉴 이름을 메모하게 된다.

혀가 행복하고 눈과 몸이 행복해지는 맛 여행. 멀리 가기 힘들다면 우리 동네 맛집을 가자. 동네 사람이 다 아는 맛집, 이웃 동네 사람들도 찾아오는 맛집이 있을 것이다. 이번 주는 그 집부터 공략하자. 불행히도 맛집이 없다면 이웃 동네로 맛 원정을 떠나면 된다.

한 번쯤은 음식으로 호사를 부려 보자. 음식으로 사치를 부려 보는 것이다. 나를 위해 최고의 맛집에서 비싼 음식을 주문해 보자. 난생처음 발음해 보는 외국의 이상한 음식, 시각적으로 매우 아름다워서 먹기가 아까운 음식, 셰프가 특별히 한 사람을 위해서 만들어 주는 음식 등등.

물론 다음 달 신용카드 고지서를 보면 가슴이 쓰릴 것이니 각오는 해야 한다.

가격 때문에 고민이라면 기분을 고조시키면서 만 원 정도로 즐거움을 얻을 수 있는 디저트를 추천한다. 타르트, 케이크, 아이스크림, 마카롱, 허니 브레드, 베니에…… 등등.

사랑은 맛있는 음식을 맛볼 때
생각나는 이름이다.

25

헌혈의 날 기억하고 실천하기

강렬한 사랑은 판단하지 않는다. 주기만 할 뿐이다.

- 마더 테레사

내 피를

가져가세요

살아서

내 몸을 흐르던

따뜻한 피

320cc

처음으로 밖에 나온

나의 피

조금 낯설고

무섭지만

그래도 반가워서

얼굴 붉히며

인사합니다

이해인 수녀의 〈헌혈〉이란 시다.

구두쇠는 찔러도 피 한 방울 나지 않으니 헌혈을 할 수 없다고 뿌리치고, 골초는 내 피는 니코틴으로 오염되어서 줄 수 없다고 가 버리고, 나이 많은 사람은 유통 기한이 얼마 남지 않아 할 수 없다고 거절한다는 우스갯소리가 있다. 사람들이 선뜻 헌혈하지 못하고 있는 현실을 풍자한 것이다. 이렇듯 사람들은 헌혈을 되도록 피하고 싶어 한다.

헌혈을 하면 건강에 좋지 않다고 생각하는 사람들이 많다. 귀중한 내 피를 뽑아 가니 혹시 어지럽거나 약해지는 것은 아닌지 걱정한다. 그러나 그렇지 않다.

우리 몸에 있는 혈액량은 남자의 경우 체중의 8%, 여자는 7% 정도다. 체중이 60kg인 남자라면 약 4,800ml, 50kg인 여자라면 3,500 ml 정도의 혈액이 있다. 전체 혈액량의 15%는 비상 시를 대비한 것이라고 한다. 따라서 헌혈을 하고 충분한 휴식을 취하면 건강에 아무런 지장이 없다. 오히려 헌혈이 건강에 좋다는 연구 결과들이 많이 있다. 가령 암 위험성을 낮추거나 혈압이 내려가고 심장 관련 질환의 발병률도 줄인다고 한다.

자신의 피를 헌혈해서 누나의 생명을 구한 한 남자아이가 있다. 6살 누나가 수혈이 필요한 상황이었다. 누나는 감염되지 않은 깨끗한 피를 수혈해야만 살 수 있었다. 다행히 남동생의 피와 누나의 피가 맞았다. 의사가 동생에게 물었다.

"누나를 위해서 피를 줄 수 있겠니?"

남자아이의 입술이 부르르 떨렸다. 두려워하는 것 같았다. 그러나 아이는 금세 웃으면서 말했다.

"네, 누나를 위해서 제 피를 줄 수 있어요."

수술실에서 수혈이 시작되었다. 수혈이 끝날 무렵 남자아이가 의사 선생님에게 물었다.

"선생님, 저는 언제쯤 죽게 되나요?"

헌혈을 하면 자신의 피를 모두 다 주는 걸로 착각을 한 것이다. 남자아이는 누나를 위해 죽기를 각오하고 헌혈을 했던 것이다.

헌혈의 날은 매달 13일이다. 피를 뜻하는 영어의 'Blood'의 'B'가 숫자 13과 유사해서라고 한다. 헌혈의 날이 아니더라도 일 년에 한 번, 내 생일이 있는 날이나 사랑을 시작한 날, 입학 기념, 입사 기념 등 특별한 날을 더욱 의미 있게 만드는 법, 헌혈이라는 사랑 나누기에 있다.

사랑에 빛깔이 있다면
생명을 뜻하는 피와 같이 붉은색일 것이다.

26

나를 찾아 여행 떠나기

세상에서 가장 즐거운 일은 여행을 떠나는 것이다.
그리고 나는 혼자 떠나는 것을 좋아했다.

– 윌리엄 해즐릿

혼자 여행을 하고 싶어질 때가 있다. 식구들과 함께하는 여행도 물론 유익하고 즐겁다. 그러나 한 집안의 가장이라는 무게감을 던져 버리고 혼자 그냥 떠나고 싶을 때가 있다. 누군가와 함께 떠나면 말동무도 해 줘야 하고 부족한 것들을 챙겨 줘야 하는 등 여러 가지 신경 써야 할 부분이 많다. 남편으로서 아버지로서 해야 할 역할이 있기 때문이다.

언젠가 아는 선배와 1박 2일 여행을 했다. 평소 내 생각과 달리 까다롭기 그지없어서 피곤했던 여행으로 기억된다. 음식, 교통편, 잠자리 문제까지 깐깐한 선배와 함께하려니 마음이 답답하고 머리까지 아팠다. 여행은 불편함을 감내해야 하는 것임을 선배는 몰랐던 걸까?

혼자만의 여행은 쉽고도 어려운 일이라고 한다. 많은 이들이 혼자 여행을 가고 싶어 하지만 정작 떠나는 사람은 별로 없다. 그러나 혼자 떠나는 여행은 혼자여서 더 좋은 여행이 되기도 한다. 혼자 떠나는 여행의 가장 큰 장점은 내 맘대로 내 멋대로 할 수 있다는 것이다.

혼자 다니면서 스스로를 돌아볼 수 있고, 혼자서도 즐겁게 지내는 법을 터득할 수 있으며, 혼자 식당에 들어가 밥을 먹을 수 있는 용기(?)도 얻고, 혼자만의 여유도 즐길 수 있다. 심심할 것 같지만 그렇지 않다. 여행길에서 만나는 사람들이 길동무가 된다. 평소 수줍음 많고 낯을 가리는 성격이라 하더라도 불편한 일이 생기거나 길을 물어야 할 일이 생기면 누군가에게 도움을 청해야 하니 용기도 생긴다. 여럿이 함께하면 절대 알지 못하는 즐거움과 맛을 알게 된다. 한없이 고요해지는 마음을 만나게 된다. 가끔 밀려드는 외로움은 내게 있어 소중한 사람들이 누구인지 떠올리게 한다. 혼자서 떠나는 여행은 여행에 온전히 집중할 수 있어 좋다.

혼자만의 여행은 가볍다. 나만 생각하면 된다. 내가 필요한 것만 챙기면 된다. 나 혼자 가는 여행이라면 작은 가방에 세면 도구 하나만 챙기면 된다. 1박 2일 일정이라면 속옷은 그냥 하루 정도 더 입을 수도 있다. 비상 상황에 필요한 물품들은 생략하기로 한다. '비 올지도 모르니 우산이나 우비를 챙길까? 구급약도 넣어야지. 소화제? 소독약?' 이런 생각으로 물건을 챙기다 보면 떠나기 전에 지치고 만다. 가방도 무거워진다.

책도 넣지 말자. 내가 아는 녀석은 여행길에 꼭 책을 챙긴다. 길 가다 길에 앉아 쉴 때, 숙소에서 늦은 밤 책을 읽겠다고 챙겨 가는데 결국은 몇 페이지만 보고 올 때가 많다고 한다. 책도 무겁다. 책을 읽지 말고 자연을 읽자. 책을 보지 말고 낯선 마을, 사람을 읽자. 풍경을 읽고 바람을 읽자. 나를 읽자.

"행복하게 여행하려면 가볍게 떠나야 한다."라고 말한 생텍쥐페리, 그의 말대로 가볍게 일단 떠나 보자. 여행은 길 위의 학교다.

혼자 떠나는 하루 여행

1박 2일 여행이 여의치 않다면? 멀리 가지 말자. 그냥 시내에서 놀아 보자.
혼자 놀기 좋은 곳들이 많다.

1. 좋은 길 혼자 걷기
   광나루 자전거공원, 경리단길, 서삼릉 누리길, 북한산 둘레길, 관악산
   둘레길, 서울 성곽 길, 서울 올레길, 도봉 옛길, 아차산 생태 숲길, 하늘
   공원, 석촌호수, 한강 나루길, 여의도 공원

2. 산책하며 세상 구경하기
   청계천, 연남동, 삼청동, 성북동, 대학로, 사직동, 마포, 양재, 이태원, 압
   구정, 종로, 서래섬, 서촌, 태릉, 신사동, 항동, 문래동, 흑석동, 동부 이
   촌동, 부암동, 서래 마을, 연희동, 홍대, 이화여대, 북촌, 평창동, 정동

3. 혼자라도 할 건 많다. 혼자 놀기
   IFC몰 쇼핑하기, 종로통 대형 서점 책 보기
   상수동 1인 미용실 장싸롱 머리 자르기
   헤이리 문화 체험하기
   한강 자벌레 전망대 한강 조망하기

4. 버스 타고 서울 여행하기
   서울 시티 투어 버스, 강남과 강북으로 143번 버스,
   종로 구석구석 종로 09번 마을버스, 멋진 서울 전망대 402번 버스
   홍제동 개미 마을 서대문 07번 마을버스

출처 : 권다현, 《서울여행 코스 101 지금 당장 떠나도 좋아》, 컬처그라퍼, 2013

나를
사랑하는 여행을 위한 준비

가족 상담과 부부 치료, 내면 아이 치료 전문가인 오제은 교수는 3년 반이나 자살 충동에 시달렸던 대인 기피증 환자였다. 사춘기 이후 거의 20년 동안 아버지에 대한 미움과 분노, 결혼 후 가족과의 갈등 등 아픔과 상처로 살았다고 한다.

다른 사람이 원하는 내가 되려고 하고 눈치와 체면에 맞춰 살고 내가 아닌 역할로 살려고 애썼던 그는 자기 자신을 그대로 받아들이고 사랑해 주기 시작하면서 행복해졌다고 한다. 그리고 자신이 공부하고 깨달은 과정을 자신과 같은 길을 걷는 사람들을 위해 상담가이자 교수로 살아가고 있다.

그는 머리가 아닌 가슴으로 살 것을, 나 자신과 다른 사람을 용서할 것을, 자기 안에 있는 신의 형상을 찾아갈 것을, 하고 싶은 것을 할 것을, 자신을 감격시킬 것을 조언한다. 내가 웃어야 세상이 웃는다고 말하는 그는 모든 것이 좋고, 모든 것이 다 잘되었다고 우리를 격려한다.

그가 쓴 《자기 사랑 노트》라는 책에서는 자기 사랑의 방법으로 몇 가지 과제를 제시한다.

1 가슴으로 대화하기

눈을 바라보고 대화하는 것이 가장 좋은 방법이다. 마음의 채널을 맞추는 것은 눈을 바라보는 데서 시작한다. 사랑하는 사람에게 줄 수 있는 가장 좋은 선물은 그 사람의 이야기를 들어 주고 그 사람의 눈을 바라보는 것이다.

2 몸과 대화하기

우리 몸은 우리의 상처를 기억하고 있다. 몸의 구석구석에 손을 대가면서 몸이 하는 말을 들어 본다. 나 또한 몸에게 말을 걸어 본다. 가슴에게, 머리에게, 얼굴과 목, 배 등에게 말을 걸고 마지막으로 자기 이름을 부르면서 자신과 깊이 대화한다.

"내가 너를 그동안 함부로 대했지. 알아주지 않아서 미안해. 용서해 줘. 이제부터 널 귀하게 대할게. 널 잘 돌봐 줄게."

3 사물과 대화하기

사람이든 사물이든 모든 존재는 연결되어 있다. 내 주변에 있는 사물들에게 말을 걸어 보고 고맙다고 전한다. 예를 들어 지극한 눈으로 나무를 바라보면서 거기에서 아름다움을 보고 나무를 안아 본다. 나무에게 자신의 고통과 상처를 이야기하는 것도 좋다.

4 내 안의 장애물 찾기

내 안에 울고 있는 나. 상처받은 내면 아이인 나를 만나야 한다. 상처를 발견하는 것이 치유의 시작이다. 아픔의 자리, 고통의 자리에서 잃어버린 나를 발견하고 나를 치유할 수 있는 성장의 자리다.

자신에게 고마움을 표현하고 상을 수여하기

자기 자신에게 고마워한 적이 있나 생각해 보고 나에게 감사함을 표현해 본다. 나에게도 칭찬해 주고 기특했던 일들을 떠올리며 고마움을 전한다.

 내면 아이 만나고 편지 쓰기

모든 인간관계에서 벌어지는 문제의 원인은 '상처 입은 내면 아이'를 내버려 두었기 때문이다. 내면 아이는 우리 안에 있는 상처받은 어린아이이다. 내면 아이의 말을 들어 주고 아이를 달래 주고 품어 안아 준다. 내면 아이를 만나는 가장 좋은 방법은 어린 시절 가장 크게 상처 받았던 아이를 떠올리고 그 아이에게 편지를 쓰는 일이다. 편지를 쓰고 그 편지를 천천히 큰 소리로 읽어 본다.

감격 리스트 만들기

내가 살아오면서 했던 가장 경이로운 경험, 행복했던 순간, 환희의 순간들에 대한 목록을 만든다. 내가 본 가장 아름다운 광경, 나 자신을 가장 소중하게 느꼈던 경험, 내가 기억하는 가장 아름다운 만남, 내가 들었던 가장 훌륭한 칭찬 등을 적어 본다.

참고: 오제은, 《자기 사랑 노트》, 샨티, 2009

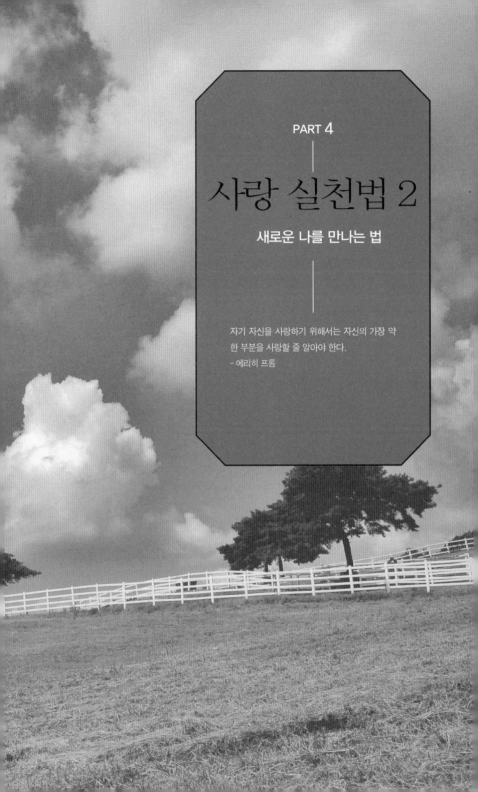

PART 4

사랑 실천법 2

새로운 나를 만나는 법

자기 자신을 사랑하기 위해서는 자신의 가장 약
한 부분을 사랑할 줄 알아야 한다.
- 에리히 프롬

27

내 강점 한 바닥 써 보기

진정한 사랑은 영원히 자신을 성장시키는 경험이다.
- M. 스콧 펙

자신을 사랑해야 한다고 많이 이야기한다. 그러나 정작 자기 자신을 사랑하고 있는지 아닌지 잘 판단이 서지 않을 때가 있다. 어느 날 아침 거울에 비친 내 모습을 보고 '이 정도면 나도 괜찮은 얼굴이지.'하며 만족해 하다가도 천하에 못생긴 놈이 거울 앞에 서 있는 날이 오기도 한다. 별일도 아닌 것에 의기소침해 있는 자신을 발견할 때면 '왜 이 모양인가?'하는 자괴심에 빠지기도 한다.

'나는 누구인가?', '나는 무엇인가?' 이런 생각이 들 때 만난 책이 나다니엘 브랜든의 《나를 존중하는 삶》이었다. 이 책은 자기 존중감이 무엇인지, 내 안에 무엇이 있고 어떻게 살아가야 하는지에 대한 중요한 실마리를 제공해 주었다.

나다니엘 브랜든은 자기 존중감을 이렇게 설명한다.

1. 우리 자신에게는 생각하는 능력이 있다. 인생을 살면서 만나게 되는 역경에 맞서 이겨 낼 수 있는 능력이 있다고 믿는다.
2. 스스로 가치 있는 존재임을 느끼고 필요한 것과 원하는 것을 주장할 자격이 있으며 자신의 노력으로 얻은 결과를 즐길 수 있는 권리를 가지며 또 행복할 수 있다고 믿는다.
3. 자기를 긍정하고 자기 삶에 책임을 지며 주체적으로 사고한다. 고독을 참아 내고 성실성과 정직성을 유지할 수 있다. 이 기능은 자기의 장점과 단점에 대해 충분히 인식하고 받아들이는 태도에서 비롯된다.
4. 자신의 긍정적인 속성을 거짓 겸손이나 우월감 없이 인정하며 자신의 부정적인 속성을 열등감이나 자기 비하감 없이 시인한다. 이것은 자기애와 자기 존중감의 본질을 형성하는 토대가 된다.

요약하면 자기 존중감은 '나에게는 행복한 삶을 살기 위해 겪는 기본적인 문제들을 해결할 수 있는 능력이 있다'는 것이다.

나의 장점에 대해 써 보자. 나도 꽤 쓸 만한 사람이라는 것을, 됨됨이도 괜찮다는 것을, 남들보다 제법 잘하는 것이 있다는 것을 종이에 적어 보자.

칭찬을 잘하지.
유머 감각이 있지.
음식을 잘하지는 못하지만, 맛을 보는 능력은 있지.
잘 웃지. 인사를 잘하지.
넉살이 좋지.
아침밥은 꼭 먹지.
환경론자까지는 아니지만, 종이컵 대신 머그잔을 쓰지.
생일을 잘 챙기는 편이지.
인터넷 서핑으로 싼 물건을 잘 찾지.
게으른 구석이 있지만 내 주변 정리는 깨끗하게 하지.
아내를 위해 쓰레기 버리기와 화장실 청소는 내가 하지.

뭐 이런 식으로 끄적여 보자.

두 팔로 자신을 감싸 안는 버터플라이 허그를 해 주자. 그리고 자신에게 칭찬의 말을 건네 보는 거다.

"넌 잘하고 있어."
"기특해."
"멋져."
"웃을 때 매력적이지."
"이번 프로젝트 정말 잘했어."
"프레젠테이션 훌륭했어."

사랑의 시작은, 자기 자신을
사랑할 때부터다.

28

추억 돋는 공간
찾아가기

고생했던 추억도 지나고 보니 상쾌하다.
- 에우리피데스

드라마 보는 아저씨들이 늘고 있다는데 나도 예외는 아니다. 남자라고 역사 드라마만 보는 것은 아니다. 인터넷 검색어 1위로 올라오는 인기 드라마는 웬만하면 다 보게 된다.

드라마 속 명대사들은 책에서 읽은 구절에 버금가게 심금을 울린다. 술자리에서 드라마 이야기를 하는 남자들이 내 주변에는 꽤 있다. 지난가을과 겨울 나는 〈응답하라 1994〉에 빠져 있었다. 금요일과 토요일 본방송을 보지 못하면 재방송을 챙겨서 16회까지 모두 보았다.

동물 가운데 추억을 떠올리는 것은 인간이 유일하다고 한다. 나이 든 사람에게 평생을 회고하게 하면 10대 때부터 30살 이전까지를 많이 기억한단다. 즉 중학교 때부터 대학을 졸업하고 사회생활을 시작한 시기를 가장 많이 떠올리는 것이다. 90년대는 내가 20대의 시절을 보낸 시기다. 응사에 열광한 것은 당연했다.

응사는 촌놈들이 서울에 올라와 신촌 하숙집에서 생활하는 이야기다. 마산, 여수, 삼천포에서 올라온 사투리를 맛깔나게 쓰는 대학 신입생들은 제각기 다른 개성을 보여 주었다.

예쁜 주인집 딸 성나정, 욕 잘하는 귀여운 전라도 소녀 윤진, 무심한 듯 친절하고 상한 음식을 먹어도 탈이 안 나는 쓰레기, 메이저 리그 야구 선수가 되는 칠봉이. 연로하지만(?) 귀여운 삼천포, 연애는 번번이 실패하는 그러나 첫사랑을 간직한 해태, 가수가 되고 싶어 하는 의대생 빙그레.

각기 다른 성격과 매력을 가진 인물들을 보는 것도 재미있었지만, 추억 돋는 물건들을 만나는 것이 즐거웠다.

내가 그 시절 보던 잡지와 드라마, 내가 듣던 대중가요, 삐삐와 축약된 삐삐 문자, 이를테면 '열렬히 사모'를 뜻하는 '1010235'의 숫자, 486 컴퓨터와 하이텔 동호회, 떡볶이 코트

와 멜빵 바지, 농구 선수 이상민과 서태지와 아이들 등 나의 20 대를 함께했던 이름과 물건, 소품들을 보는 반가움도 있었다.

다음 회에서는 어떤 소품과 노래가 나를 추억 속으로 안내할까? 그 기대감으로 응사를 기다리기도 했다.

누구와 추억을 공유하게 하는 물건과 공간, 향기가 있다.

특정 샴푸 향기를 맡으면 떠오르는 사람이 있다. 어떤 음식을 보면 떠오르는 이름이 있다. 어느 장소를 가면 생각나는 사건이 있다.

추억은 우리를 과거 속으로 안내한다. 그때 그 시절이 있었기에 지금의 내가 있다. 지금의 나를 있게 한 추억 속으로 하루쯤 떠나 보자.

간단히 집에서 앨범을 꺼내 볼 수도 있고 책장에서 오래전 내가 읽었던 책을 꺼내 다시 펼쳐 볼 수도 있다. 추억 속 간식거리(달고나, 오색 빛깔의 불량 식품 등)를 파는 곳으로 가 볼 수도 있고 어린 날 소풍 갔던 장소에 가볼 수도 있을 것이다. 초등학교 방문도 좋다.

그곳에 가면 과거의 내가 있다. 그리고 코 흘리며 딱지치기 하던 내가 있고, 말타기하던 친구들이 있고, 중간고사 치르며 커닝하다 걸린 내가 있고, 운동회 날 달리기하다가 벗겨진 운동화 때문에 꼴찌로 들어온 친구가 있다. 대학 입시 치르던 날의 떨림이 있고, 군대 내무반에서 기강을 잡던 내가 있고 동료가 있다. 무엇보다 내 가슴을 설레게 했던 첫사랑 그(그녀)가 있다.

사랑은 그 사람과
함께한 추억을 공유한다.

29

밝고 명랑한 목소리로
먼저 인사하기

먼저 인사하라. 먼저 인사하는 사람이 승리자다.

- 김용삼

세상이 각박하다. 옆집에 누가 사는지 모르고 관심도 없다. 누가 나에게 관심을 보이면 귀찮다. 혹시 나를 이용해 뭔가 이득을 취하려는 속셈이 있는 것은 아닌지 의심하고 경계하게 된다. 그러나 가볍게 웃으며 밝게 웃는 사람에게는 마음의 빗장이 풀리게 된다.

인사만 잘해도 이미지가 확 바뀐다. '웃는 얼굴에 침 뱉지 못한다'는 속담이 있듯 먼저 웃으며 인사하는 사람에게 싫은 소

— 143 —

리를 하기는 어려운 법이다.

세상의 모든 인사말은 아름답다. 다른 나라의 말을 하기가 어색하지만 발음해 보면 마음이 따뜻해진다. 평화와 안녕, 건강을 비는 것은 세상의 모든 인사말이 가진 공통점이다. 인사는 경직된 마음의 장벽을 허문다.

경쾌하고 밝은 목소리로 인사해 보자.
슈퍼 아줌마에게 "안녕하세요."
버스를 탈 때 기사 아저씨에게 "수고하십니다."
유치원에 가는 꼬마에게 "안녕, 꼬마야!"
집 화단에 있는 꽃에게 "어젯밤 강풍, 잘 견뎠니?"
힘들어 지친 후배에게 "잘될 거야."
키우는 강아지에게 "안녕. 너 때문에 내가 외롭지 않아."

이 세상에 있는 다른 나라의 인사말도 따라 해 보자.
곤니찌와(일본)
구텐 모르겐(독일)
나마스떼(네팔)
메르하바(터키)
봉 지아(포르투갈)

봉주르(프랑스)

부에노스 디아스(스페인)

부온 지오르노(이탈리아)

부텐니(에스키모)

사왓디 크랍(태국)

살람 알아이쿰(중동 지역)

샬롬(이스라엘)

니 하오 마(중국)

알라 꼴슬람(방글라데시)

알로하(하와이)

올라(콜롬비아)

즈드라스뜨 뷔이체(러시아)

신 짜오(베트남)

칼리 메라(그리스)

호이(네덜란드)

사랑은 늘 안녕을
바라는 마음.

30

나눌 때의 기쁨 맛보기

남보다 더 가졌다는 것은 축복이 아닌 사명이다.
- 오프라 윈프리

'아름다운 커피'를 파는 매장을 방문한 적이 있다. 커피 원두로 만든 세계지도가 인상적이었다. 그 옆에 있는 게시판에는 영수증인지 쿠폰인지 메모와 같은 것이 붙어 있었다. 궁금해서 점장에게 물었는데 그 답을 듣고 나니 기분이 좋아졌다. 가슴 한쪽이 따뜻해졌다. 손님들이 자발적으로 미리 돈을 내놓고 간 영수증을 '지급 인증' 쿠폰으로 만든 것이라고 했다. 지급 인증 쿠폰이란 누군가가 미리 지급한 쿠폰으로 커피가 먹고 싶은 친한 친구, 아는 지인, 전혀 모르는 사람들이 커피를 마실 수 있게 하는 것이다. 커피 말고 그곳에서 파는 물품을 살 수도 있다.

최근 TV를 통해 '미리내 운동'이라는 것을 알게 되었다. 미리내 가게는 이름 그대로 돈을 미리 내는 가게다. 손님이 자신이 지급할 금액 외에 추가 금액을 미리 내놓으면 다른 사람이 와서 표시된 금액만큼 이용할 수 있다. 시작한 지 얼마 되지 않았는데 전국에 벌써 백 개가 넘게 가게가 생겼다고 한다. 이 운동에 동참하는 작은 가게들이 늘고 있는 것이다. 이 운동은 100여 년 전 이탈리아 나폴리 지역에서 커피 기부인 '서스펜디드 커피'에서 아이디어를 얻었다고 한다.

미리내 가게로 등록된 분식집에서는 2, 3천 원 정도의 부담 없는 돈으로 기부를 할 수 있어 학생들도 많이 참여한다. 이를 테면 떡볶이를 먹고 난 후, 또 다른 누군가가 먹을 수 있도록 떡볶이값을 조금 더 내놓고 가는 것이다.

나눌수록 커지는 것이 행복이다.

이타주의도 결국은 이기주의라고 말하는 이가 있다. 남을 도울 때 느끼는 행복감과 보람이 결국은 자신에게 또 다른 쾌락을 주기 때문이라고 말이다. 이런 이기심이라면 많이 가질수록 좋은 게 아닐까? 행복한 이기주의자란 사랑을 나누는 사람이라는 생각이 든다.

존스 홉킨스 대학 병원은 세계에서 유명한 병원 중 하나다. 하워드 캘리는 그 병원의 창설 멤버 중 한 사람으로 저명한 의사이기도 하다.

그는 의사가 되기 전 대학을 다닐 때 각 가정을 일일이 방문해 책을 파는 일을 했다. 스스로 학비를 벌기 위해 방문판매를 한 것이다.

어느 여름 하워드 캘리는 책을 한 권도 팔지 못했다. 몸은 지쳤고 배가 고팠다. 갈증도 났다. 용기를 낸 그는 어느 집 문을 두드렸다.

"실례지만 물 한 잔 얻을 수 있을까요?"

소녀는 청년이 배고파한다는 것을 눈치채고 우유 한 잔을 가지고 나왔다.

우유를 허겁지겁 마신 캘리는 소녀에게 돈을 조금 주려고 했다.

"아니에요. 엄마가 친절을 베풀 때는 절대 돈을 받아서는 안 된다고 했어요."

그 후 세월이 흘러 캘리는 존스 홉킨스 병원의 외과 과장이 되었다.

어느 날 먼 도시에서 희귀 질병을 앓고 있는 여인이 입원했다. 지방 병원에서 치료를 포기해 이 병원으로 온 것이다. 생각보다 심각한 상태였지만 캘리는 포기하지 않고 수술을 했다. 수술 후 환자는 빠르게 회복되었다.

퇴원할 날이 되었고 환자는 병원비가 걱정이 되었다. 병원비가 분명 많이 나왔을 것이다. 무거운 마음으로 청구서를 읽어 보니 예상대로 큰 액수였다.

여인은 긴 한숨을 쉬었다. 그리고 청구서를 조금 더 읽어 내려갔다.

청구서 밑에는 이런 메모가 적혀 있었다.

"당신의 치료비는 한 잔의 우유로 모두 지급되었습니다."

그 메모 아래는 캘리의 서명이 있었다.

캘리는 그 옛날 자신에게 우유 한 잔을 베푼 소녀에 대한 고마움을 평생 잊지 않고 기억하고 있었으며, 그 소녀를 한 번에 알아보았던 것이다.

사랑이란 낯선 이에게
베푸는 친절이다.

31

아침에 30분
일찍 일어나기

시간은 능력, 재력, 신분에 차이를 두지 않고
누구에게나 똑같이 주어진다.
— 아널드 베넷

일본 최고의 경제 전문가인 니시무라 아키라는 시간 관리의
달인이다. 그는 시간을 성공의 자원으로 보았다. 그는 자신에
게는 돈도 없고 내세울 집안 배경도 없고 의존할 부모도 천부
적인 재능도 없지만, 남들과 똑같은 양의 시간이 있다고 말했
다. 축복받은 그 어떤 사람과 비교해도 뒤지지 않는 시간을 가
졌다며 그 시간을 잘 활용해 지금의 자리에 오르게 되었다고
고백했다.

부자이든 가난하든 나이가 많든 적든 바쁜 자이든 여유가 있는 자이든 신이 우리에게 공평하게 준 것이 바로 시간이다. 1년 365일 8,760시간은 누구에게나 똑같이 주어졌다.

세상 사람들에게 존경받는 성공한 사람들은 하나같이 '시간 관리의 달인'이다. 시간이라는 한정된 자원을 효율적으로 사용한 사람이 돈과 명예, 사회적 지위도 얻는다. 누구에게나 공평한 시간, 하루 24시간이라는 시간의 절대량은 늘지 않는다. 그러나 시간을 어떻게 관리하느냐에 따라서 어떤 이는 시간을 길게 쓰고 어떤 이는 늘 부족하게 쓴다.

평소보다 30분 정도 더 일찍 일어나 보자. 하루를 길게 쓰는 방법은 아침에 일찍 일어나 활동하는 것이다. 주말에 늦잠을 자면 하루가 짧아 금세 지나가는 것을 경험했을 것이다. 아침에 일찍 일어나 30분만 효율적으로 쓴다면 성장하는 자신을 만날 수 있다.

잠에서 깨어나면 바로 일어나라. 감리교를 창시한 영국의 요한 웨슬리는 "두 번의 아침을 맞이하지 말라."라고 했다. 눈을 떴다가 다시 자지 말라는 것이다. 공병호는 "시간 경영의 비밀은 새벽과 아침 시간대에 숨어 있다."며 아침의 중요성을 강조한다.

다음은 시간 관리의 달인들이 말하는 시간을 활용하는 방법
이다.

- 자투리 시간을 활용한다. 자투리 시간은 놀라울 정도의
  집중력을 확보해 준다.
- 시간의 일부는 미래를 위해 투자한다.
- 정면으로 돌파하라. 시작이 반이다.
- 우물쭈물하면서 해야 할 일을 계속 미루지 말라.
- 데드라인을 활용한다. 사람의 두뇌는 절실함과 간절함,
  적절한 긴장감이 있을 때 생산 에너지가 최고로 넘친다.

자기 자신을 사랑하는 또 다른 방법,
시간 소중하게 쓰기.

32

하루 동안
스마트폰 꺼 놓기

당신이 자신에 대해서 생각하는 것은
다른 사람들이 당신에 대해서 생각하는 것보다 훨씬 중요하다
- 세네카

　현대인들은 3분에 한 번씩 휴대전화를 만지고 1초도 가만히 참지 못하는 초미세 지루함(micro boredom)을 느낀다고 한다. 또한, 디지털 기기의 전원이 꺼지거나, 기기를 분실하면 스트레스와 불안을 느끼는 노모포비아(nomophobia)도 증가하고 있다. 스마트 기기에 중독된 것이다.

카페에서 대화 없이 고개를 숙이고 있는 남녀

　　　　　　- 잃어버린 〔대화〕에 대한 묵념

아들의 생일 파티에 고개를 숙이고 있는 부모

　　　　　　- 잃어버린 〔가족〕에 대한 묵념

체육 시간 응원 없이 고개를 숙이고 있는 학생들

　　　　　　- 잃어버린 〔열정〕에 대한 묵념

웨딩마치 중 고개를 숙이고 있는 하객들

　　　　　　- 잃어버린 〔관심〕에 대한 묵념

스마트폰으로 잃어버린 것들에 대한 묵념

고개를 들면 소중한 사람, 소중한 순간들이 당신 곁에 있습
니다.

이 광고는 '2013 대한민국 공익광고 공모전'에서 일반부 부
문 대상을 받은 작품이다. 그런데 스토리 중 아쉽게 빠진 부분
이 있다고 한다.

묵념하듯 고개를 푹 숙인 지하철 승객들의 모습

　　　　　　- 잃어버린 〔사색〕에 대한 묵념

스마트폰은 이름처럼 정말로 스마트하다. 스마트폰으로 언
제 어디서나 음악을 듣고, 동영상을 볼 수 있다. 혼자 있어도

스마트폰 하나면 지루하지도 심심하지도 않다. 인터넷과 쇼핑, 금융 서비스까지 스마트폰 하나로 편리하게 이용한다. 그런데 과연 스마트폰을 쓰는 사람들은 스마트하다고 할 수 있을까? 사람들은 더 이상 기억이나 암기 등에 의존하지 않으려 한다. 스마트폰이 모두 해결해 주기 때문이다. 그런 까닭에 스마트폰으로 검색은 잘하지만, 사색은 하지 못한다. 디지털 치매에 걸리기도 한다.

스마트폰이 만들어 낸 또 다른 문제점은 대화를 하지 않게 하는 것이다. 오래간만에 동창회에 가서 친구들을 만나도 대화를 하지 않고 모두 스마트폰만 들여다보고 있다. 가족들이 외식을 나와서도 스마트폰을 보고 있다. 애인끼리도 각자 스마트폰을 보다가 재미있는 장면이나 메시지, 기사 등을 발견하면 서로에게 보여 준다. 디지털 세상에 갇혀 사람과의 공감을 잊은 이런 모습은 '행복'과는 거리가 있어 보인다.

결국, 이런 문제점을 인식하고 사람과 사람 간의 만남과 행복, 정신적, 육체적 건강을 회복하고자 하는 '디지털 디톡스(Digital Detox)' 운동이 확산되고 있다. 아날로그 취미 갖기가 그중 하나다. 디지털 기기를 내려놓고 본인만의 시간을 즐기거나 같은 취미를 가진 사람들과 직접 만나서 정보를 공유하는 것이다.

디지털 디톡스를 실천하는 사람들이 있다. 디톡스는 인체에 쌓인 독소를 빼낸다는 개념이다. 여기에 디지털을 붙여 디지털 기기의 과도한 사용을 줄이고 운동과 독서, 명상 등을 통해 몸과 마음을 건강한 상태로 회복하는 것이 디지털 디톡스다.

스마트폰을 잘 보이지 않는 곳에 두는 것도 디지털 디톡스의 한 방법이다. 스마트폰이 보이면 습관적으로 확인하게 된다. 운전할 때, 일할 때, 누군가를 만나 차를 마실 때는 스마트폰을 가방 깊숙한 곳에 숨겨 놓고 진동 모드로 만들어 놓자.

본격적으로 디지털 시대의 문을 연 애플사의 스티브 잡스도 가끔은 디지털 기기를 내려놓고 산책을 하며 사색을 즐겼다고 한다.

자신을 사랑하는 사람은 휴식을 중요하게 생각한다.

어떻게 결혼했는지
들어 보기

사과는 빠르게 키스는 천천히 사랑은 진실하게.

- 오드리 헵번

결혼식에 가면 사람들이 궁금해하는 것이 있다.

"두 사람 어떻게 만났대?"

사람들은 왜 그 사람을 선택했는지 왜 그 사람과 결혼을 결심하게 되었는지 궁금해한다.

결혼을 하고 나서 친구들 모임에 나간 적이 있다. 그 자리에는 아내도 함께 있었다. 한 친구가 내게 물었다.

"결혼하니까 좋니? 나도 결혼할 사람이 생겼는데 결혼을 해야 할까?"

나는 아무렇지 않게 말했다.

"결혼하지 마."

순간 그 자리에 앉아 있던 모든 사람의 얼굴에 당황스러움
이 나타났다. 아내는 말할 것도 없다. 그 질문을 한 친구는 놀
란 표정으로 아내가 있는 자리에서 이런 실수가 어디 있느냐
고 나무라는 것 같았다.

잠시 침묵이 흐르고 내가 말했다.

"결혼하지 마. 너희들이 결혼을 한들 나만큼 행복하겠어. 나
보다 행복할 자신이 있으면 해. 그러나 절대 그러지 못할 거
다. 그러니 나를 이길 자신이 없으면 결혼하지 마."

그 말에 한바탕 웃었던 기억이 있다.

결혼까지의 이야기는 다양하다. 만남, 그리고 열애, 다툼, 오
해, 이별, 재회, 잦은 이별과 만남, 프러포즈, 그리고 결혼. 그
안에도 제각각의 사연이 있다. 결혼한 과정을 듣다 보면 모두
영화 속 주인공이라 할 만큼 낭만적이고 극적이고 재밌는 사
건들이 많다. 때로는 큰 감동이 되는 사랑 이야기도 있다.

몇 해 전 만났던 조서환 세라젬 H&B 대표의 결혼 이야기는
큰 감동을 준다. 조 대표는 애경에서 신입사원으로 시작해서

하나로 샴푸, 마리끌레르 화장품 등의 히트작을 만들었다. 이후 KTF로 옮겨 여성을 겨냥한 '드라마(Drama)', 대학생을 대상으로 한 '나(Na)', 3세대 휴대전화인 '쇼(Show)' 등으로 돌풍을 일으킨 마케팅의 대가다. 승승장구하며 성공의 반열에 오른 사람이라고만 알겠지만, 그에게도 좌절은 있었다. 여러 난관을 극복하고 성공한 사업가가 된 데에는 아내의 역할이 컸다. 그는 자신이 가장 성공한 분야는 마케팅이 아니라 결혼이라고 자신 있게 말할 정도다.

조서환 대표는 23살 때, 군에서 수류탄 사고로 한쪽 팔을 잃었다. 병원에서 의식을 찾고 눈을 떴을 때, 대성통곡을 하는 아버지의 목소리를 듣고 자신의 상태가 심각하다는 것을 알았다고 한다. 그는 그때 자신의 가족보다 여자친구가 걱정이 되었다. 병원에 와서 팔을 잃은 자기 모습을 보고 여자친구가 입게 될 상처가 두려웠고 그녀가 떠날까 봐 두려웠다. 그래서 병원에 그녀가 찾아오는 것을 기다리면서도 그녀가 찾아오는 날이 늦춰지기를 바랐다.

결국, 그녀가 왔다. 그녀는 병실에 찾아와 아무 말도 못 하고 우두커니 서 있기만 했다. 조서환 대표는 그녀에게 아직도 자신을 사랑하는지 묻고 싶었지만, 혹시라도 거절당할까 봐 아무 말도 하지 못했다. 두 사람은 그렇게 오랫동안 아무 말도 못 하고 있었다. 결국, 조서환 대표가 아내에게 용기를 내어 물었단다.

"아…직…도 나를…사…랑…해?"

그의 말에 여자친구는 두 번 고개를 끄덕였다.

그러나 그녀를 자신의 곁에 둘 수는 없었다. 자신의 행복을 위해 여자친구를 붙잡아 두는 것은 이기적이라고 생각했다. 그녀를 놓아 주어야 하는 게 옳다고 생각해 냉정하게 이렇게 말했다.

"나는 너를 사랑할 수 없어. 이제 얼굴을 봤으니 여기서 정리하자."

그의 마음과 다른 차가운 냉정한 말에 아내는 울먹이며 말했다.

"지금까지 당신에게 내가 필요 없었는지 몰라요. 그러나 이제부터는 당신 곁에 내가 있어야 해요."

아내는 직장까지 그만두고 병원 옆에 방을 얻어 조서환 대표를 간호했고 이 사실을 안 그녀의 아버지가 병원에 찾아왔다. 온몸에 붕대를 감고 침대에서 한 발자국도 움직이지 못하는 그를 보고 그녀의 아버지는 딸을 끌고 나갔다.

아버지를 선택할지 남자친구를 선택할지 다그쳐 묻는 아버지에게 그녀는 이렇게 말했다고 한다.

"아버지가 만약 사고로 이렇게 되었다면 엄마가 어떻게 하는 게 좋으시겠어요? 엄마가 아버지를 버리고 떠난다면요? 전 그 사람의 전부를 사랑했지 오른손만 사랑한 게 아니에요.ˮ

많은 사람들에게 특유의 긍정력으로 모티베이터 역할을 해 왔던 조서환 대표. 그는 자신의 모티베이터는 아내라고 고백한다.

두 사람의 이야기를 떠올리니 《사랑의 기술》을 쓴 에리히 프롬의 말이 생각났다.
성숙하지 못한 사랑은 '내가 당신을 필요로 해서 당신을 사랑합니다.'라고 말하지만, 성숙한 사랑은 '내가 당신을 사랑해서 당신을 필요로 합니다.'라는…….

사랑은 그 사람의
필요를 채워 주는 것.

34

책 한 권 옮겨 쓰기

> 필사는 열독 중의 열독, 소설을 옮겨 쓰는 것은
> 백 번 읽는 것보다 나은 일이다.
> – 조정래

학창 시절 단짝 친구가 전학을 가게 되었다는 것을 알았을
때, 그 친구를 위해 시를 옮겨 적어 한 권의 시집을 만들어 선
물한 지인이 있다. 그는 중학교 1학년 때 무슨 뜻인지도 모르
고 그저 감정을 흔드는 시들을 골라 노트에 옮겨 적었다고 한
다. 지금 알고 있는 시인과 시들을 그때 그 정성과 노력으로
대부분 알게 되었다고 한다.

옮겨 적은 시에는 윤동주, 김소월, 서정주, 한용운의 시도 있

고 외국의 시인 예이츠, 릴케, 푸시킨, 바이런, 하이네, 프로스
트 등의 작품도 있었다. 그때 시를 옮겨 적은 덕분인지 그 친
구는 글을 만지고 다듬는 편집자가 되었다. 우정의 선물로 마
련한 시 옮겨 적기가 문학을 알게 했고 텍스트가 가진 울림과
힘을 알게 하여 결국 책이 좋아 책을 만드는 사람으로 만들어
놓았다고 그 지인은 말한다.

소설가들은 데뷔하기 전 습작 기간에 필사를 한다. 우리가
아는 유명한 소설가들도 한때는 한 소설가의 작품을 흠모하며
밤마다 소설을 정성으로 옮겨 적었다.

조세희의 《난장이가 쏘아올린 작은 공》, 김승옥의 〈무진 기
행〉, 신영복의 《감옥으로부터의 사색》, 오정희의 《유년의 뜰》,
이효석의 〈메밀꽃 필 무렵〉, 이순원의 《은비령》, 김훈의 《칼의
노래》, 이상의 〈날개〉를 많이 옮겨 적는다고 한다.

소설가 신경숙도 필사를 했다. 선배 소설가들의 소설을 옮겨
적는 일로 대학 시절 여름방학을 보낸 적도 있다고 한다. 어느
책에서 신경숙은 이렇게 밝혔다.

"그냥 눈으로 읽을 때와 한 자 한 자씩 노트에 옮겨 적어 볼
때 그 소설들의 느낌은 달랐다. 소설 밑바닥에 흐르고 있는
양감을 훨씬 더 세밀히 느낄 수 있었다. 그 부조리들, 그 비
극적 세계관들, 그리고 미학들……. 필사를 하는 동안의 충

만함은 내가 살면서 무슨 일을 할 것인가를 각인시켜 준 독특한 체험이었다."

이제는 문예 창작을 공부하는 이들뿐 아니라 일반인들도 필사를 하고 있다. 기독교인 중에는 자신의 신앙심을 고취하고 신에 대한 사랑을 표현하기 위해 성경책을 옮겨 적는 이들도 있다.

얼마 전 소설가 조정래 씨가 자신의 소설을 필사한 사람들에게 감사패를 전달했다는 신문 기사를 접했다. 필사한 작품이 워낙 분량이 많은 소설이라 깜짝 놀랐다. 원고지 1만 6,500매의 《태백산맥》이니 말이다. 이 소설을 필사한 사람들의 노고도 가히 존경할 만하다.

사랑을 읽는 데서 머무르지 말고
사랑을 옮겨 써 보자.

35

죽기 전에 반드시 해야할
10가지 쓰기

언젠가는 죽는다는 사실을 기억하라.
그럼 당신은 정말로 잃을 게 없다.
- 스티브 잡스

'사랑하고 헤어지기엔 너무 짧은 두 달간의 이별 연습', 2003
년 개봉한 일본 영화 〈나 없는 내 인생(my life without me)〉은 엔
딩 크레디트 명단이 올라가기 전에 울고 있는 '나'와 만나게 한
다. 죽기 전에 하고 싶은 10가지로 더 알려진 이 영화는 자궁
암 말기로 두 달이라는 시한부 인생을 살게 된 여주인공이 죽
기 전까지 10가지 소원을 하나씩 이루어 간다는 내용이다.

그녀가 죽기 전에 하고 싶은 10가지는 무엇일까?

1. 아이들에게 하루에도 몇 번씩 사랑한다고 말해 주기

2. 남편에게 어울리고 아이를 좋아하는 새 아내 찾아 주기

3. 아이들이 18살이 될 때까지의 생일 축하 메시지 녹음하기

4. 가족과 함께 웰러비 해안으로 소풍 가기

5. 하고 싶은 만큼 담배 피우고 술 마시기

6. 내 생각을 있는 그대로 얘기하기

7. 다른 남자와 사랑하는 것이 어떤지 알아보기

8. 누군가 날 사랑하게 만들기

9. 감옥에 계신 아빠 면회 가기

10. 손톱 관리받기, 머리 모양 바꿔 보기

이 영화에서 힌트를 얻어 가쿠다 미쓰요 외 9명의 여성 저명 인사가 쓴 《죽기 전에 하고 싶은 10가지 일》이란 책도 나왔다. 누구나 공감할 수 있는 보통 사람들의 평범한 이야기라서 더 가슴에 와 닿고 공감이 간다. 그들이 말한 10가지를 뽑아 보면 다음과 같다.

1. 매일 소리 내어 크게 운다.

2. 생각나는 모든 사람에게 편지를 쓴다.

3. 시골에 계신 어머니를 만나러 간다.

4. 가족이 함께 뉴욕으로 춤추러 간다.

5. 예전에 짝사랑했던 남자 두 사람을 만난다.

6. 가족과 친구들을 위한 메시지를 녹음한다.

7. 매일 일찍 일어난다.

8. 휴대전화에 등록되어 있는 모든 사람에게 한마디씩 말을 남긴다.

9. 아주 짧게 거의 삭발에 가깝게 머리를 자른다.

10. 죽고 난 후 친구가 낭독할 아름다운 추도문을 미리 써 둔다.

당신이 죽기 전에 반드시 해야 할 10가지는 무엇인가? 천천히 생각해 보고 10가지 정도 적어 보자. 10가지로 부족하다면, 노트에 빽빽하게 하고 싶은 것을 적어 보자. 버킷리스트가 적힌 종이는 보관해 두고 하고 싶은 일을 했을 때 하나씩 지워 보자.

36

순간순간
최선 다하기

영원히 살 것처럼 꿈꾸고 오늘 죽을 것처럼 살라.

- 제임스 딘

시간을 버는 천사에게 ─ 시간이 있을 때, 장미 봉오리를 거두라. 시간은 흘러 오늘 핀 꽃이 내일이면 질 것이다. 시간이 있을 때 장미 봉오리를 거두라. 이걸 라틴말로 표현하자면 카르페 디엠(Carpe diem)이지. 자! 이게 무슨 뜻인지 아는 사람?

많은 사람들에게 감동을 주었던 영화 〈죽인 시인의 사회〉의

키팅 선생님. 그가 우리에게 남긴 가장 큰 선물은 '카르페 디엠'이다.

졸업생의 75%가 미국 명문대학교에 진학하는 100년 전통의 기숙형 영재 고등학교인 웰튼 아카데미. 이 학교의 교훈은 전통(tradition), 명예(honor), 규율(discipline), 최고(excellence)다. 하지만 학생들은 모방(travesty), 공포(horror), 타락(decadence), 배설(excrement)이라고 생각하며 지옥 학교라고 부른다.

학교가 지옥인 아이들에게 키팅 선생님은 '카르페 디엠'의 삶을 살라고 한다.

'카르페 디엠'이란 '지금 살고 있는 현재 이 순간에 충실하라'는 뜻의 라틴어다. 영어로는 'Seize the day'로 '현재의 순간을 잡으라.'이다. 아무리 어렵고 힘든 일상이라 할지라도 좌절하거나 실망하지 말고 긍정적인 자세로 즐겁게 살라는 뜻으로 흔히 쓰인다.

한형조의 《붓다의 치명적 농담》에 이런 이야기가 나온다.

"스님도 도를 닦고 있습니까?"

"닦고 있지."

"어떻게 하시는데요?"

"배고프면 먹고, 피곤하면 잔다."

"에이, 그거야 아무나 하는 것 아닙니까? 도 닦는 게 그런 거라면, 아무나 도를 닦고 있다고 하겠군요."

"그렇지 않아. 그들은 밥 먹을 때 밥은 안 먹고 이런저런 잡생각을 하고 있고, 잠잘 때 잠은 안 자고 이런저런 걱정에 시달리고 있지."

현재에 집중하고 최선을 다해서 즐기는 것이 쉽지만은 않은 것 같다. 그러나 쉬울 수도 있겠다는 자신감을 주는 글이다. 밥 먹을 때 밥만 먹고 잠잘 때 잡생각 안 하고 잠을 자는 것, 그게 바로 '카르페 디엠'이라면 말이다.

박범신 작가가 한 말도 카르페 디엠의 삶이 어떤 것인지 가르쳐 준다.

"어떤 이는 노는 데 30%, 사랑하는 데 30%, 일하는 데 40%의 힘을 쓰며 합계 100%로 살아. 또 어떤 이는 노는 데 100, 사랑에 100, 일하는 데 100의 힘을 써. 그렇다고 그의 인생이 300%가 되는 건 아냐. 그 역시 100이지. 그게 인생의 수학이야. 합계로 보면 그런데 본질은 너무 다르지. 후자는 세계에 새 길을 낼 수 있어. 성공이란 보수를 받을 수도 있고. 놀 때 일하는 듯하고 일할 때 노는 듯한 인생은

늘 그 타령이니 매일 심심할 게야. 100, 100, 100으로 산다
고 해서 힘이 빠지는 게 아니라는 걸 알아야 해. 집중력이
높으면 에너지가 더 나오게 돼 있어. 화수분처럼."

삶을 사랑한다면,
카르페 디엠

문학이 담아낸 사랑, 소설에서 사랑을 배우다

사랑이 포함하고 있는 다양한 속성과 감정을 익히는 데는 소설만 한 것이 있을까? 질투, 욕망, 집착, 용서, 배려, 희망, 용기, 배신, 열정, 그리움, 희생, 헌신 등이 녹아 있는 사랑 소설들, 사람들의 사랑을 받았던 소설을 정리해 보았다.

《나는 그녀를 사랑했네》, 안나 가발다

《냉정과 열정 사이》, 에쿠니 가오리

《노틀담의 꼽추》, 빅토르 위고

《닥터 지바고》, 보리스 파스테르나크

《달과 6펜스》, 서머싯 몸

《드라큘라》, 브램 스토커

《로미오와 줄리엣》, 윌리엄 셰익스피어

《매디슨 카운티의 다리》, 로버트 제임스 월러

《먼 그대》, 서영은

《밑줄 긋는 남자》, 카롤린 봉그랑

《바다의 침묵》, 베르코르

《브람스를 좋아하세요》, 프랑수아즈 사강

《사랑 후에 오는 것들》, 쓰지 히토나리

《새벽 세 시, 바람이 부나요?》, 다니엘 글라타우어

《싸구려 행복》, 가브리엘 루아

《안나 카레니나》, 레프 톨스토이

《오만과 편견》, 제인 오스틴

《오셀로》, 윌리엄 셰익스피어

《왜 나는 너를 사랑하는가》, 알랭 드 보통

《위기의 여자》, 시몬 드 보부아르

《위대한 개츠비》, 프랜시스 스콧 피츠제럴드

《적과 흑》, 스탕달

《젊은 베르테르의 슬픔》, 요한 볼프강 폰 괴테

《제인 에어》, 샬롯 브론테

《좁은 문》, 앙드레 지드

《죄와 벌》, 표도르 도스토옙스키

《진주 귀고리 소녀》, 트레이시 슈발리에

《참을 수 없는 존재의 가벼움》, 밀란 쿤데라

《책 읽어 주는 남자》, 베른하르트 슐링크

《첫사랑》, 이반 세르게예비치 투르게네프

《키친》, 요시모토 바나나

《폭풍의 언덕》, 에밀리 브론테

《풍금이 있던 자리》, 신경숙

PART 5

사랑의 과제

사랑만이 희망이다

대지에 입 맞추고 끊임없는 열정으로 사랑하라.
환희의 눈물로 대지를 적시고, 그 눈물을 사랑하
라. 또 그 환희를 부끄러워하지 말고 그것을 귀
중히 여기도록 하라. 그것은 소수의 선택된 자들
에게만 주어지는 신의 선물이기 때문이다.
- 도스토옙스키의 《카라마조프가의 형제들》에서

37

가시고기가 되어서
행복하다

아버지는 가장 외로운 사람이다. 폭탄을 만드는 사람도
감옥을 지키던 사람도 술 가게의 문을 닫는 사람도
집에 돌아오면 아버지가 된다.
– 김승현의 시 〈아버지의 마음〉

어렸을 때 아버지는 우리에게 슈퍼맨이었다. 아버지의 어깨
는 언제나 넓어 보였고 아버지의 키가 크든 작든 간에 우리 눈
에 아버지는 거인이었다. 장난감이 고장 나거나 무엇인가 망
가지면 아버지는 척척 고쳐 주셨다. 아버지는 못 하는 게 없는
사람이라서 아버지만 계시면 두려운 것도 겁날 것도 없었다.

그러나 한 살 한 살 나이를 먹자 아버지의 허점이 보이기 시
작한다. 실수도 보이고 어른스럽지 못한 모습도 보게 된다. 그

러나 철이 들면 또다시 힘겨운 삶의 무게를 감당하는 아버지
의 쓸쓸한 뒷모습을 보며 때로는 한 집안의 울타리를 지키기
위해 비굴해지기도 하는 아버지를 이해하게 되고 아버지에게
애틋한 마음이 든다.

아버지에게는 타고난 숙명이 있는 것 같다. 제 살을 뜯어 새
끼에게 주는 가시고기처럼 사는 숙명이다. 아버지는 자식들을
지켜 내기 위해 생명을 걸기도 한다.

부성애를 강조한 덴젤 워싱턴이 주연한 〈존 큐〉라는 영화가
있다.

평범한 가정의 가장인 존 큐는 어느 날 야구 경기를 하다 쓰
러진 아들 때문에 절망하게 된다. 보험회사에 속아서 보험 혜
택을 받을 수도 없는 상황, 아들은 심장 이식수술을 받아야만
살 수 있었다. 돈도 구할 수 없고, 보험도 적용이 안 되는 현실
에서 병원은 아이가 조용히 죽는 수밖에 없다며 퇴원하라고
한다. 결국, 존 큐는 극단적인 선택을 한다.

아들을 살리기 위해 병원 응급실에서 사람들을 인질로 잡고
아들을 수술시켜 달라고 한다. 심장에 구멍이 난 아들은 점점
죽어 가는 상황이고, 아들에게 맞는 심장을 이식받는다는 것
도 불가능했다. 존 큐는 자신이 자살을 할 테니 자신의 심장을
아들에게 이식해 달라고 의사를 설득하고 협박한다.

경찰이 투입한 스나이퍼에게 총을 맞게 된 존큐는 아들의 상태와 인질극 상황이 점점 악화되자 자신의 심장을 아들에게 주기로 결심한다. 존 큐가 자살하려고 마음먹는 순간에 기적처럼 심장을 구하게 되고 아들 마이크는 무사히 수술을 받는다. 3개월 뒤 법의 심판대에 서게 된 존 큐에게는 인질 혐의만 인정된다.

아버지가 아들을 위해 죽음을 각오하는 것처럼 우리도 아버지를 위해 죽을 수 있을까?

누군가를 사랑한다는 것은
그 사람이 살게끔 하는 것이다.

38

엄마가 되고 나서
알게 된 것들

저울의 한쪽 편에 세계를 실어 놓고 다른 한쪽 편에
나의 어머니를 실어 놓는다면, 세계의 편이 훨씬 가벼울 것이다.

- 랑구랄

아들을 키우며 아내는 몹시 힘들어했다. 잔병치레가 많아 병원에 달려가는 날이 많았고 낮과 밤이 바뀐 아기 탓에 늘 피곤한 얼굴이었다. 육아로 힘들어하고 잠이 부족했지만, 아기가 그저 환하게 웃어 주면 모든 피로를 잊는 듯 행복해하고 금세 생기를 찾기도 했다. 아기를 키우는 일은 힘든 일임이 분명했지만, 아내는 그 힘듦을 고생이나 고통으로 받아들이지 않았다. 간혹 육아나 가사 일에 무신경한 나에게 화를 내거나 서운

해한 적은 있었던 것 같다.

아들이 어렸을 때, 아내가 내게 보여 준 글이 있다. 그 글을 읽으며 엄마가 되는 일이 얼마나 숭고한 일인지를 알 수 있었다. 또한, 아이를 키우는 일이 사람이 성숙해지는 데 가장 큰 자양분이 된다는 것을 알게 되었다. 아내가 내게 보여 준 글은 독일 프랑크푸르트 도서전에서 가장 아름다운 책으로 선정된 에바토트 시집에 실린 것이다.

내가 엄마가 되기 전에는 원하는 만큼 잠을 잘 수 있었고 늦도록 책을 읽을 수 있었다. 날마다 머리를 빗고 화장을 했다. 날마다 집을 치웠었다. 장난감에 걸려 넘어진 적도 없었고 자장가는 오래전에 잊었었다.
내가 엄마가 되기 전에는 어떤 풀에 독이 있는지 신경 쓰지 않았다. 예방주사에 대해선 생각도 하지 않았다.
누가 나한테 토하고, 내 급소를 때리고 침을 뱉고, 머리카락을 잡아당기고 이빨로 깨물고, 오줌을 싸고 손가락으로 꼬집은 적은 한 번도 없었다.
(중략)
그토록 작은 존재가 그토록 내 삶에 많은 영향을 미칠 줄 생각조차 하지 않았다. 내가 누군가를 그토록 사랑하게 될

줄 결코 알지 못했다

내가 엄마가 되는 것을 그토록 행복하게 여길 줄 미처 알지 못했다. 내 몸 밖에 또 다른 나의 심장을 갖는 것이 어떤 기분일지 몰랐다. 아이에게 젖을 먹이는 것이 얼마나 특별한 감정인지 몰랐다

한 아이의 엄마가 되는 그 기쁨, 그 가슴 아픔, 그 경이로움, 그 성취감을 결코 알지 못했다. 그토록 많은 감정들을. 내가 엄마가 되기 전에는.

사랑을 하기 전에 우리는 내가 그만큼의 한계를 이겨 낼 수 있다는 것을 모른다. 사랑을 하기 전까지 나의 힘과 에너지가 얼마나 분출하는지도 모른다. 사랑을 하고 나면, 내 안에 놀라운 힘이 있다는 것을 알게 된다.

사랑이란 내 몸 밖에
또 다른 나의 심장을 갖는 것.

39

우리 생애
최고의 선물

실패는 낙담의 원인이 아니라 신선한 자극이다.

－ 토마스 사우전

　한 예술가에게 영감의 원천이 되는 존재를 '뮤즈'라고 부른다.

　"당신이 만약 당신의 '진정한 여자'를 만났다고 생각해 보라. 술집에 가서 다른 남자들과 당구를 치거나 축구를 구경하고 싶겠는가."

　진정한 내 여자를 만나는 순간 그동안 맺어 왔던 모든 인간관계들이 그 의미를 잃고 말았다는 이 고백은 비틀스의 멤버

였던 존 레넌이 한 말이다. 존 레넌은 오노 요코를 뮤즈로 숭배, 자신의 예술적 영감의 원천으로 삼았다.

유명한 화가, 음악인, 소설가들에게는 예술의 원천이 되는 이들이 있다.

서양 고전 음악사에서 가장 낭만적이고 애절한 사랑의 주인공은 로베르트 슈만과 그의 아내 클라라다. 문필가로 활동한 아버지의 재능을 물려받은 슈만은 문학과 음악에 뛰어났다. 슈만은 피아니스트가 되고 싶었지만, 가족들은 그가 법률가가 되기를 원했다. 가족들의 뜻으로 대학에 가서 법률을 공부했지만, 그의 관심은 피아노에 있었다. 결국, 그는 유럽 최고의 피아노 교수인 프리드리히 비크를 찾아간다.

비크는 슈만의 재능을 인정했다. 혹독하게 그를 가르쳤다. 거기다 피아니스트로 더 빨리 성공하고 싶었던 슈만은 무리한 피아노 연습으로 그만 손가락을 다치고 만다. 피아노를 더 이상 칠 수 없게 된 슈만은 절망에 빠졌다. 피아니스트가 될 수 없다면 살아야 할 이유도 없었다. 그때 아홉 살 어린 비크의 딸 클라라가 말한다.

"피아노를 칠 수 없다면 작곡을 하면 되잖아요."

클라라의 말이 맞았다. 슈만은 작곡에도 탁월한 소질이 있었다.

슈만은 클라라의 조언에 희망을 얻어 작곡에 몰두했고 그 결과 피아노 모음곡 〈나비〉를 완성한다. 이런 일을 겪으면서 두 사람은 사랑에 빠졌다. 두 사람은 결혼을 원했지만, 슈만의 스승 비크는 이 결혼을 반대했다.

이러한 스승의 반대에는 이유가 있었다. 클라라는 괴테, 파가니니, 멘델스존이 칭찬을 아끼지 않았던 당대 유럽의 일급 피아니스트였다. 19세기 중반 베토벤, 쇼팽의 곡을 최초로 외워 연주한 이도 클라라였다. 그녀는 '절제된 깊이'의 연주자로 인정을 받았다. 이런 딸을 아직 작곡가로서 성공한 것도 아닌 슈만에게 시집보내기는 아버지로서 마뜩잖았다.

비크의 반대로 멀리 떨어져 지내야 했던 두 사람. 클라라를 볼 수 없는 상황에서 슈만은 많은 곡을 작곡해 클라라에게 보냈다. 그리고 당대 최고의 피아니스트였던 클라라는 전 유럽을 다니면서 슈만의 작품을 세상에 알렸다. 슈만이 창조한 낭만주의 음악을 최초로 연주한 사람이 바로 클라라인 것이다.

그 후 결혼 문제로 슈만에게는 스승, 클라라에게는 아버지인 비크와의 긴 법정 싸움에 들어갔다. 당시 작센 지방의 법은 장성한 딸이라도 결혼에 있어서 아버지의 승낙을 받아야 했기 때문이다.

6년이라는 긴 법정 공방을 거친 끝에 결혼에 성공한 그해, 슈만은 자그마치 183곡을 작곡했다.

슈만이 손가락을 다친 상황을 사람들은 '신이 음악을 위해 준 선물'이었다고 한다. 하지만 슈만에게는 클라라가 '신이 준 음악의 선물'이었다.

슈만은 "내 음악의 고향은 내 사랑 클라라입니다."라고 말한다. 클라라에 대한 사랑은 숱한 작품들, 특히 피아노 명곡들을 탄생시켰다. 슈만의 평생에 걸친 걸작은 피아노 독주곡들이 대부분이다. 그는 자신의 가장 친밀하고 직접적인 감정들을 피아노 독주곡을 통해 표현했다. 그 대부분은 클라라에 대한 사랑을 시적으로 표현한 것이다. 슈만은 클라라를 향한 깊은 사랑을 음악으로 승화시켜 많은 명곡들을 세상에 내놓았고, 그 곡들은 클라라의 손끝에서 아름다운 선율이 되어 퍼져 나갔다.

신이 당신에게 준 가장 큰 선물은
사랑의 마음이다. 그 선물은 꼭 써야 한다.

40

세상에서 가장 중요한 사람은, 당신

혼들리지 않고 피는 꽃이 어디 있으랴
이 세상 그 어떤 아름다운 꽃들도 다 흔들리면서 피었나니
- 도종환 〈흔들리며 피는 꽃〉 중

아이가 올해 중학교에 입학했다. 이제 진정한 틴에이저가 된 것이다.

십 대는 예쁘다. 십 대는 아프다. 십 대는 무섭다. 십 대에 대해 보통 사람들이 가지는 생각들이다.

학원 폭력, 무자비한 학업 경쟁, 이기적인 아이들, 십 대 범죄 등의 사건들을 만나게 되면 어른으로서 마음이 무거워지고 이들이 밝은 세상에서 살지 못하는 것에 대해 책임감을 느끼

게 된다.

 가끔은 어른으로서 이 아이들을 이해하려는 마음보다는 우리 때와는 달리 이 아이들이 왜 나약한지, 왜 난폭한지, 왜 인정이 없는지에 대해 생각하고 그들을 바꿔 놓고 싶은 마음이 들기까지 한다. 그러나 옳은 방법이 아니다. 그들을 바꾸는 것은 잔소리도 질책도 아니다. 관심과 사랑, 격려, 그리고 공감이다.

 2010년 봄, 소년 법정에서 있었던 아름다운 판결 이야기는 우리가 아이들에게 무엇을 해 주어야 할지 가르쳐 준다.

 친구들과 함께 오토바이 등을 훔쳐 달아난 혐의로 법정에 선 열여섯 소녀가 있다. 이미 14건의 절도 폭행을 저지른 전력이 있었다. 이런 일로 한 차례 소년 법정에 서기도 했기에 소년 보호 시설 감호 위탁 같은 보호 처분이 예상되었다.

 그러나 판사는 소녀에게 불처분 결정을 내렸다. 그가 내린 처분은 법정에서 일어나 외치기였다.

 "자, 날 따라서 힘차게 외쳐 봐. 나는 세상에서 가장 멋지게 생겼다!"

 "나는 세상에서 가장 멋지게 생겼다!"

 "자, 내 말을 크게 따라 해 봐. 나는 무엇이든지 할 수 있다!"

"나는 무엇이든지 할 수 있다!"

"나는 이 세상에 두려울 게 없다!"
"나는 이 세상에 두려울 게 없다!"

"이 세상에서 나는 혼자가 아니다."
"이 세상에서 나는 혼자가······."

큰 소리로 따라 하던 소녀는 "이 세상에서 나는 혼자가 아니다."라고 외칠 때 참았던 울음을 터뜨렸다.

사실 그 소녀는 가슴 아픈 일을 겪었다. 원래 소녀는 상위권 성적을 유지하며 간호사를 꿈꾸는 평범한 아이였다. 어느 날 남학생 여러 명에게 끌려가 폭행을 당하면서 희망을 잃었다. 소녀는 후유증으로 병원 치료를 받았고 그녀의 어머니는 충격을 받아 신체 일부가 마비되기까지 했다. 소녀는 고통스러웠다. 학교생활에 적응할 수 없게 되었고 그 후 비행 청소년과 어울리면서 거리의 아이가 되어 간 것이다.

판사는 소녀를 앞으로 불렀다.
"이 세상에서 누가 제일 중요할까? 그건 바로 너야. 그 사실만 잊지 않으면 돼. 그러면 지금처럼 힘든 일도 이겨낼 수 있을 거야."

그리고는 두 손을 쭉 뻗어 소녀의 손을 잡고 말했다.

"마음 같아선 꼭 안아 주고 싶은데, 우리 사이를 법대가 가로막고 있어 이 정도밖에 못 해주겠구나."

소녀는 눈물을 흘렸다. 그 소녀를 다시 일어나게 한 것은 질책도 처벌도 아니었다. 너는 혼자가 아니라는 격려였고 이해였다. 소녀를 다시 일으켜 세운 것은 자존감이었다.

사랑은 질책하지도
처벌하지도 않는다.

41

그래도 사랑하라

사랑이 없는 삶, 사랑하는 사람들이 없는 삶은
그림자의 쇼에 불과하다.
- 괴테

보통 어떤 회사나 집에 가면 그림이나 액자 혹은 가훈이나
사훈 등이 걸려 있기 마련이다. 내가 기억하는 가장 오래된 액
자가 있다. 푸시킨의 '삶이 그대를 속일지라도 슬퍼하거나 노
여워하지 말라 우울한 날들을 견디면 기쁨의 날은 오리니'가
써진 액자다.

초등학교에 들어가기 전 우리 집은 처음으로 집을 사서 이
사를 하게 되었는데 그 구절이 옛 주인집 마루 벽에 붙어 있

었다. 어린 나는 그게 무슨 뜻인지 몰랐지만 근사하고 멋이 있어 보여서 누가 시키지 않았는데도 그 구절을 외웠던 기억이 있다. 푸시킨은 내가 태어나서 처음 알게 된 외국 문인인 셈이다.

회사에 들어갔을 때 로비에 붙어 있는 액자 속 글자나 그림은 그 회사가 추구하는 방향이고 그 회사의 색깔이다. 인도 콜카타의 마더 테레사 본부에도 액자가 걸려 있는데 그 액자에는 마더 테레사가 켄트 M. 케이스의 시를 인용해 직접 쓴 시 한 편이 들어 있다.

사람들은 때로 앞뒤가 맞지 않고
자기 중심적으로 행동할 것이다.
그럼에도 불구하고
그들을 용서하라.

당신이 친절을 베풀면
숨은 의도가 있다고 비난할 것이다.
그럼에도 불구하고
친절을 베풀라.

당신이 정직하고 솔직하면
상처받기 쉬울 것이다.
그럼에도 불구하고
정직하고 솔직하라.

당신이 정말 행복해지면
사람들은 샘이 나 질투할 것이다.
그럼에도 불구하고
평화롭고 행복하라.

당신이 오늘 한 좋은 일은
내일이면 잊혀질 것이다.
그럼에도 불구하고
좋은 일을 하라.

하나님이 우리를 사랑한 것처럼
당신도 세상 사람들을
그럼에도 불구하고
사랑하라.

벽에 걸린 이 시의 메시지는 "그래도 사랑하라."라는 뜻일 것이다. 평생 인도의 가난한 사람들을 위해 산 마더 테레사 수녀는 "친절한 얼굴, 친절한 눈, 친절한 미소로 사람들을 대하세요. 사람들 한 사람 한 사람은 변장한 예수님입니다."라고 말했다. 한 영혼을 예수님처럼 생각하라는 마더 테레사의 사랑의 메시지는 사랑이 우리에게 의무이기도 하다는 것을 가르쳐 준다.

늦기 전에, 후회하기 전에 더 사랑하자. 내일은 없을 수도 있다. 오늘이 마지막이라고 생각하면 사랑한다고 말해야 할 사람이 너무 많다.

"엄마, 사랑해요."
"아빠, 사랑해요."
"아들아, 딸아, 사랑한다."
"친구야, 사랑해."
"여보, 사랑해요."

사랑은 그럼에도 불구하고다.

42

이 생애 마지막 말, 사랑하세요

삶의 모든 무게와 고통으로부터
우리를 자유롭게 하는 하나의 단어 그것은 사랑이다.
- 소포클레스

예기치 않게 찾아오는 재난과 질병, 그리고 사고로 죽음을 앞둔 사람들. 그들은 이별할 준비도 하지 못한 채 우리 곁을 떠난다.

아무렇지 않게 아침에 인사하고 떠났는데 다리가 끊어져 사망하기도 하고 저녁에 가벼운 마음으로 장 보러 백화점에 갔다가 건물이 무너져 영영 돌아오지 않기도 한다. 예기치 않은 사고로 죽음에 놓인 그 사람들이 마지막으로 떠올린 사람들은 누구였을까? 대부분은 가족이다.

1985년 8월 일본 항공기가 수직 꼬리 날개 문제로 급하강해, 산과 충돌하여 520명이 사망하는 일이 벌어졌다. 세계 최대의 인명 피해를 낸 항공기 사고였다. 사고 현장을 수색하던 중 발견된 담뱃갑 겉봉에는 이런 내용이 적혀 있었다고 한다.

"아들아, 옆에서 힘이 되어 주지 못하고 일찍 떠나서 미안하구나. 사랑한다."

비행기가 추락하는 급박한 순간 한 아버지가 자녀에게 남긴 마지막 편지였다.

2001년 9·11테러 당시 테러범에게 납치된 항공기 안에서 딸은 엄마에게 문자를 보낸다.

"엄마, 사랑해! 사랑해! 사랑해!"

또 세계 무역 센터 건물에서 한 남자는 아내와 마지막 통화를 한다.

"사랑해. 이 빌딩에 지금 뭔가 문제가 있어! 여기서 빠져나갈 수 있을지 모르겠어. 여보, 당신을 사랑해. 정말 사랑해. 살아서 당신을 다시 봤으면 좋겠어. 안녕."

2014년 4월 미국 중남부를 덮친 강력한 토네이도로 목숨이

위태로웠던 대학생 아들은 엄마에게 마지막 문자메시지를 보낸다.

"엄마, 무서워."

"괜찮을 거야."

"안녕, 엄마. 토네이도가 바로 내 쪽으로 다가오고 있어."

"사랑해. 너는 이겨 낼 수 있을 거야."

엄마는 답 문자를 보냈지만, 아들은 답이 없었다.

세월호 사건으로 우리는 꽃 같은 아이들을 잃었다. 그 아이들이 마지막으로 남긴 말은 무엇이었을까?

물이 들어차는 선실에서 열일곱 살 딸은 엄마 전화기에 제 얼굴을 찍어 띄우며 말했다. '어떡해, 엄마, 안녕. 사랑해.'

아들은 엄마에게 문자를 보내 고백했다.

'엄마, 말 못할까 봐 미리 보내 놓는다. 사랑해.'

어떤 딸은 도리어 아버지를 다독였다.

'아빠, 걱정 마. 구명조끼 입고 애들이랑 뭉쳐 있으니까.'

연극반 아이가 남긴 말도 '사랑한다'였다.

'연극부 다들 사랑해. 내가 잘못한 거 있으면 용서해 줘.'

2학년 4반 아이들이 담임선생님과 나눈 대화방 문자도 '전부 사랑합니다'로 끝났다.

생과 사의 갈림길 속에서 사랑하는 사람들에게 남긴 마지막 말 한마디는 '사랑'이었다.

한경직 목사는 "이 세상을 살아갈 때에 좋은 씨를 많이 뿌리세요."라는 말을, 김수환 추기경은 "고맙습니다. 서로 사랑하세요."라는 메시지를, 권정생 동화 작가는 "싸우지 마세요."라는 유언을 남겼다. 이들이 생을 마감하면서 남은 우리에게 당부한 것은 사랑하라는 것이었다.

인생은 길지 않다. 어느 날 갑자기 사랑하는 사람이 떠나갈 수 있는 위험한 시대, 사랑할 시간이 많지 않다. 사랑을 미루지 말자. 사랑한다는 말, 내일이면 늦다.

사랑은 미루지 않는다.
다음이 아닌 지금 이 순간에 사랑한다.

사랑학의 고전
《사랑의 기술》

에리히 프롬이 《사랑의 기술》을 쓴 해는 1956년이다.

그의 책은 적어도 34개 언어로 번역되어 수백만 부가 팔렸다고 한다. 거의 60년이 다 된 책이다. 그런데도 여전히 그의 책은 사랑을 이야기할 때 우선으로 거론되는 고전이다. 사랑을 다룬 많은 책들이 그의 책 《사랑의 기술》을 인용한다. 지금도 여러 기관이나 대학 등에서 이 책을 추천 도서 목록에 올리고 있다.

《사랑의 기술》은 사랑을 "우연한 기회에 경험하게 되는, 다시 말하면 행운만 있으면 누구나 '겪게 되는' 즐거운 감정"이라고 보지 않는다. 그는 사랑도 하나의 기술이라고 전제한다.

따라서 사랑을 잘하기 위해서는 사랑의 본질을 파악해야 하고 이에 걸맞은 훈련을 해야 한다고 이야기한다. 사랑은 '창조적 기술'이기 때문이다. 그런 기술을 익히지 못한 사람은 사랑을 할 때 실패할 수밖에 없다.

에리히 프롬은 사랑에 대해서 배우지 않으려는 원인으로 3가지를 꼽는다.

1 사랑의 문제를 사랑하는, 곧 사랑할 줄 아는 능력의 문제가 아니라 사랑
받는 문제로 생각하기 때문이다.

2 사랑의 문제는 능력의 문제가 아니라 대상의 문제라는 가정이다. 사랑한
다는 것은 쉬운 일이고 사랑할 또는 사랑받는 올바른 대상을 발견하기가
어려울 뿐이라고 사람들은 생각한다.

3 사랑을 하게 되는 최초의 경험과 사랑하고 있는 지속적 상태, 더 분명하
게 말하면 사랑에 머물러 있는 상태를 혼동한다.

이런 이유 때문에 사랑을 배우지 않으려고 한다는 것이다. 그는 삶이 기술인 것
과 마찬가지로 사랑도 기술이라고 말한다. 음악이나 그림, 건축, 의학이나 공학
기술을 배우려 할 때 거치는 과정을 사랑도 동일하게 거쳐야 한다. 기술을 배우
는 데는 습득해야 할 것들이 있다.

첫째는 이론의 습득, 둘째는 실천의 습득이다. 그러나 이것보다 더 중요한 게 있
다. 기술 숙달이다. 이것이 궁극적인 관심사가 되어야 한다는 것이다. 그는 모든
기술이 정신 집중, 훈련, 인내, 관심을 통해 실천되듯이 사랑 역시 그렇다고 말
한다.

"사랑처럼 엄청난 희망과 기대 속에서 시작되었다가 반드시 실패로 끝나고 마는 활동이나 사업은 찾아보기 어려울 것이다."

더 이상 실패하지 않기 위해서라도 우리는 사랑을 제대로 알아야 한다. 날마다 사랑을 공부하는 사람이 사랑에 더 바짝 다가가 실패하지 않는 사랑을 만들어 갈 것이다.

사랑만이 희망이다

얼마나 사랑했나요?
얼마나 사랑받고 있나요?

이런 질문을 하면 대부분의 사람들은 비슷한 대답을 한다.
'많이 못했어요! 아니, 안 했어요!'
이 말은 사랑을 많이 하지 못해서 후회된다는 뜻이겠지만,
사랑을 해서 받게 되는 상처가 두려워 사랑을 멀리했던 자신
의 마음을 표현한 말이다. 또 '사랑받고 있는가?'라는 질문에
는 더더욱 자신 없어 한다. 모두 이성을 대상으로 사랑을 제한
해서 나오는 말이다.
사랑은 남녀의 사랑만 있지 않다. 물론 그 사랑이 너무도 강
렬하고 뜨거워서 이성간의 사랑을 먼저 떠올릴 것이다.

앞서 한 질문에 우리는 자신 없어 했지만 사실, 조금 더 생각해 보면 우리는 날마다 넘치는 사랑을 받고 있다. 또한 넘치는 사랑을 누군가에게 또는 무엇인가에 주고 있다. 우리들 자신이 살아있는 생명력인 사랑이기 때문이다.

내 안에 너무 많은 사랑이 있음을 깨닫는다면 우리는 더욱 풍요로운 마음으로 인생을 행복하게 살 수 있을 것이다.

사랑에는 두려움이 없습니다. 완전한 사랑은 두려움을 몰아냅니다. 두려움은 징벌을 생각할 때 생기는 것입니다. 그러므로 두려움을 품는 사람은 아직 사랑을 완성하지 못한 사람입니다. - 요한1서 4장 18절

로맨틱한 사랑은 만약 그것이 사랑이라면 하나의 전제가 있다. 즉 내가 나의 존재의 본질에서 사랑하고 타인을 그 존재의 본질에서 경험한다는 전제다. 본질적으로 모든 인간은 동일하다. 우리는 모두 하나의 부분이다. 즉 우리는 하나다. 그렇다면 우리가 누구를 사랑하든지 그 사람들 사이에는 어떤 차이도 없어야 한다. 사랑은 본질적으로 의지의 행동이어야 하며 나의 삶을 하나의 다른 사람의 삶에 완전히 위임할 것을 결정하는 행동이어야 한다. - 에리히 프롬 《사랑의 기술》 중에서

사랑만이 희망이다. 두려움에는 사랑이 없다. 두려움은 완전한 사랑을 몰아낸다. 사랑을 품는 사람은 사랑을 완성하는 사람이다.

아무것도 모르는 사랑은 아무것도 사랑하지 못한다. 사랑은 둘이 아닌 유일한 오직 하나(Only one)라는 것을 깨달을 때 사랑은 사람이고 사람은 사랑이 된다. 그래서 사랑은 생명력 (Vital power)인 것이다.

"이제 그만 무관심과 오해의 싸움을 멈추고
오늘부터 더 많이 서로 사랑합시다."

사랑이 넘치는 세상을 바라며

저자 김혜성

사랑공부 사랑을 알아 가는 42가지 방법

지은이 | 김혜성
펴낸이 | 박상란
1판 1쇄 | 2014년 8월 1일

펴낸곳 | 피톤치드
기획 | 안형숙
편집 | 전경   **교정교열** | 신은진   **디자인** | 황지은
경영·마케팅 | 박병기

출판등록 | 제 387-2013-000029호
등록번호 | 130-92-85998
주소 | 경기도 부천시 원미구 수도로 66번길 9, C-301(도당동)
전화 | 070-7362-3488
팩스 | 0303-3449-0319
이메일 | phytonbook@naver.com
블로그 | blog.naver.com/phytonbook
트위터 | twitter.com/phytonbook
페이스북 | www.facebook.com/phytonbook2

ISBN | 979-11-951589-1-1   (03810)

이 도서의 국립중앙도서관 출판예정도서목록(CIP)은 서지정보유통지원시스템 홈페이지(http://seoji.
nl.go.kr)와 국가자료공동목록시스템(http://www.nl.go.kr/kolisnet)에서 이용하실 수 있습니다.(CIP
제어번호: CIP2014020596)